半妖のいもうと
～あやかしの妹が家族になります～

蒼真まこ Mako Souma

ALPHAPOLIS
WEB CITY SINCE 2000

アルファポリス文庫

https://www.alphapolis.co.jp/

第一章　あやかしの妹ができました

初めて会った幼い妹は、どう見ても人間ではなかった。

「杏菜《あんな》、すまん。実はその、この子は、おまえの妹なんだ。ちょこっとばかり事情があって、今までおまえに言えなかった。そんでもって突然で悪いんだけどさ……。今日からこの家で一緒に暮らしたいと思ってる。杏菜、どうかな……？」

朝、家を出る時に少し遅くなると言っていた父が、小さな女の子と手を繋《つな》ぎ、申し訳なさそうな顔をして玄関に立っている。

明日は休みだし、今晩はお父さんの帰りを待って一緒に晩ごはんを食べようかな、なんて思っていたのだ。そうしたらその父が、幼女を連れて帰ってきた。

「お父さん……妹って、どういうこと？」

聞きたいのはそれだけじゃなかったけれど、頭が混乱していて、他の言葉がすぐには出てこなかった。

ひとりっ子である私に妹がいるなんて話、十七歳の今になるまで聞いたことがない。五年前に病気で亡くなったお母さんも、そんなこと言ってなかったはずだ。

「ごめんよ。杏菜だって驚くよな。でもさ、見てのとおりこの子は少しだけ、他の子と違うんだ。だから預けられるところもなくて……」

お父さんの視線が、手を繋《つな》いでいる幼女へと向けられる。つられて私も、小さな女の子を見つめた。

父の手をしっかりと握る幼女は、灰色の瞳で私をじっと見ている。ふわりとした髪の毛は栗色で、その頭には小さな銀色の角が二本生えていた。二本の角はきらりと光り、奇妙な存在感を示している。

小さな女の子の頭に出ている、ひょっこりとした角。他の子にはないものが、頭にあるのだ。

どれだけ元気な子でも、頭に角なんてないよね。普通の人間ならば。

角の生えた幼女をつい凝視してしまった。

私の視線に驚いたのか、幼女の体が、びくりと震える。小さな女の子をじろじろ観察するなんて申し訳ないとは思うけれど、それでも見ずにはいられなかった。

無言で見つめ合う形となった私と、銀色の角の幼女。

しばらくして、小さな女の子は目をそらすようにうつむいてしまった。

あっ、もしかして泣かせちゃった……？　初めて会う幼子とはいえ、泣かせるのはさすがに気まずい。

救いを求め、父に視線を向けようとした時だった。銀色の角の幼女が、何かを決意したように、ぐいっと顔をあげた。

「くり子《こ》でしゅ。よろちく、おねがい、しましゅっ！」

たどたどしい言葉遣いで懸命に挨拶をし、ぺこりと頭を下げたのだ。

「ど、どうも。野々宮《ののみや》杏菜です。よろしくお願いします」

反射的に挨拶を返してしまった。小さい女の子のあどけない仕草に、体と口が勝手に反応した気がする。

私が挨拶を返したことで、銀色の角の幼女は安心したのだろうか。嬉しそうに、にこっと笑った。その口元には、八重歯というにはあまりに鋭そうな牙が見え隠れしている。

頭には二本の角。口の中には牙。

「お父さん。ひょっとして、この子って人間の女の子じゃないの……？」

おそるおそる確認すると、父は気まずそうに頷いた。

「正確には半分人間だよ。『半妖』っていうらしい。くり子の母親が『あやかし』だから。そして、この子はお父さんの娘でもある。だから杏菜にとっては、半分血の繋《つな》がった妹ってことになるね」

新情報を一気に伝えられ、ますます頭が混乱してくる。

半妖。あやかし。お父さんの娘で、私の妹でもある。

聞き慣れない言葉が、私の頭の中をぐるぐると回っている。おまけにお腹もぐるっと鳴いた。

そういえば、お父さんを待っていたから晩ごはんを食べてなかったんだっけ。

あれれ、なんだか目が回ってきたぞ。お腹が空いているから？　それとも、あまりにびっくりしたから？　いや、両方か。

「もう、わけわかんない……」

受け止めきれない現実に、私はぺたりとその場に座り込んでしまった。空気を読めないお腹の虫だけが、ぐるるっと遠慮なく鳴いていた。

†

母が病気で亡くなったのは、今から五年前。私がまだ小学生だった頃のことだ。

自分の死期を悟った母は、家事の基本を私に教えた。自分がいなくなっても、私と父が共に生きていけるように。

限られた時間の中で一通りの家事を仕込まれるのは、当時の私には辛いことだった。何度か泣いたのを覚えている。

「いいこと、杏菜。何があっても、きちんとごはんを食べなさい。食べることは、いただく食物から命をもらうこと。『ごはんが美味しい』って思えたら、きっと元気も出てくるからね」

遺言ともいうべき、母の言葉を心の支えにして生きてきた。ひとりで泣く夜もあったけれど、「お父さんと私のために、明日もごはんを作ろう」と思うと、なんとか頑張れたのだ。

けれど母を、父にとっては妻を失った喪失感は、想像以上に大きかった。互いに気を遣ってはいるけれど、母がいた頃のようには笑えない。父とふたりでいても、どこかぎこちない空気が流れていくばかりだ。

私を笑わせたいのか、お父さんはくだらない冗談を言ってしきりに話しかけてくる。素直に笑えたらよかったけれど、意地っ張りな性格が邪魔をして、笑顔を見せることができなかった。慣れない家事と学校の勉強を両立させるのも大変で、心に余裕がなかったのかもしれない。私とお父さん。きっとたぶん、どちらも悪いわけではないと思う。

いつしか父は、仕事の付き合いだからと言い訳をして、週に二回ほど外でお酒を飲んでくるようになった。飲みすぎることはなかったし、遅くなる前には必ず帰ってきてくれたから、私もあえて何も言わなかった。お父さんが家にいないほうが、少しだけ気が楽だから、というのもあったのかもしれない。それでもお父さんと不仲になりたかったわけではないから、可能な範囲で食事は共にとるようにした。それがお母さんの願いでもあったと思うし。

だから今晩もお父さんと一緒に晩ごはんを食べようと、じっと帰りを待っていた。

そうしたらなんと、父が半妖の妹を連れて帰ってきたのだ。


「杏菜、驚かせて本当に申し訳ない！」

居間のこたつに座った父は、私に深々と頭を下げた。

こたつの上にはお茶とお菓子。まずは何かお腹に入れないと、と思って、急遽《きゅうきょ》用意したのだ。

半分だけ血が繋《つな》がった妹――くり子は、父の腕にしがみつき、心配そうに私と父を交互に見ている。

突然現れた、頭に角がある妹に驚き、体の力が抜けてしまったけれど、ようやく気持ちも少し落ち着いてきた。

「いろいろ事情があって話せなかったのはわかったけど。それでもせめて、付き合っている女性がいることぐらい教えてほしかったよ。私が反対すると思って隠してたわけ？」

お父さんは申し訳なさそうに、体を縮めている。

「すまん。杏菜が傷つくかな、と思って」

確かに最初は戸惑うかもしれない。付き合っている女性がいるなら、再婚の話も出てくるだろうし。

「だとしても。こうして妹をいきなり連れてくるより、ずっとましだと思うんだけど」

「うん……。そのとおりだよな」

父なりに思うところがあったのか、私の言葉に反論はしなかった。

「それで、この子のお母さんはどうしたの？　あやかし？　なんだよね」

お父さんが連れて帰ってきたのは、この小さな女の子だけだ。母親と思われる女性は一緒にいなかった。

「それがその……」

よほど言いにくいことなのか、父はなかなか話してくれない。説明してくれなければ、私だってこの先どうすればいいのかわからないのに。

「ちゃんと全部話して」と少し大きい声を出そうとした時だった。

きゅる、きゅるるるる〜。

少し控えめな、可愛らしいお腹の音が響いた。

「え？　私？」

思わず自分のお腹を見つめてしまった。でも今のは私ではなかった。

きゅるきゅるっ。

返事をするように、銀色の角の幼女、くり子のお腹が鳴く。

「お腹がきゅるきゅる鳴っているのは、くり子ちゃん？」

小さな女の子が、びくりと体を揺らし、恥ずかしそうに顔を赤くした。

「ご、ごめんなしゃい……」

謝らなくてもいいよと伝えようとしたら、くり子の横から豪快な音が響いた。

ごるごるぐる～！

「なに？　この不快な音は」

「すまん、俺だ。くり子につられて、俺までお腹が鳴り出してしまった」

「お父さんまで？　今は話し合いをする時でしょ。お腹なんて鳴らしてる場合じゃない……」

と言った瞬間。

ぐるっ、くるる～。

「杏菜、おまえのお腹も鳴ってる」

父に指摘されてしまった。くり子も私をじっと見ている。

ああ、食いしん坊な我がお腹が恨めしい。

「親子丼でいい？　もう下準備はしてあるからすぐに作れるし」

「おぅ。いいぞ」

「親子丼」と私が言った途端、くり子の目がきらきらと輝き出した。好みかどうか聞くまでもないようだ。小さい子でも食べやすいように、鶏肉を小さく切っておこうかな。

本当は悠長に晩ごはんの用意なんかしている場合じゃないのかもしれないけど、三人揃ってお腹を鳴らしている状態では、まともに話し合いもできやしない。

「『腹が減っては戦はできぬ』っていうしね。うん、まずはごはんだ」

エプロンをつけて台所に立つと、自分が今何をすべきか落ち着いて考えられる気がした。

冷蔵庫から下準備を済ませてある鶏のもも肉と卵を取り出す。お母さんから教わった親子丼は、小さく切った鶏肉を甘辛く味付けした出汁《だし》で煮込むことから始まる。余計な水分が出ないように玉ねぎは入れない。ここまではすでに準備してあるので、鶏肉を菜箸《さいばし》で取り出してさらに小さく切ることにした。幼女でも食べやすいだろうし、量の調節もしやすくなる。

ひとり分ずつ小鍋に取り分けて温め直し、溶き卵でとじて、仕上げに三つ葉をのせたら完成だ。卵は一気に入れず、二回に分けるのが卵とじのこつだと教わった。あとはお味噌汁も添えておこう。

「お待たせ。親子丼とお味噌汁だよ」

親子丼をお父さんとくり子のところへ運ぶと、お父さんは嬉しそうに笑った。親子丼は父の好物なのだ。

銀色の角の幼女、くり子も親子丼を見るなり、「わぁい」と両手をあげて喜んだ。

私が少しだけ驚いていると、くり子は恥ずかしそうにうつむいてしまった。半妖の女の子って聞いているけれど、中身は意外と普通の子なのかもしれない。

「くり子ちゃんもめしあがれ。食べやすいようにスプーン持ってきたからね」

小さめの器によそった親子丼を置いたら、くり子はすぐにスプーンを掴みとり、食べようとした。ところが何かを思い出したらしく、スプーンを元の位置に戻す。

あれ？　どうしたんだろう。

くり子は小さな手をぺちんと合わせ、たどたどしい言葉で言った。

「いたーらきましゅ」

「いただきます」って言ってるのかな？　食事の前に、「いただきます」がちゃんと言える子なんだ。まだ小さいのに。この子のお母さんが礼儀作法を教えたのかもしれない。

親子丼をお父さんはかき込むように食べた。くり子もスプーンをせっせと口に運び、美味しそうに食べている。ぷにぷにのほっぺたには、ごはん粒がいくつもついていた。たぶん気がついていないのだろう。

「くり子ちゃん、ちょっとこっち向いて」

布巾《ふきん》で顔を拭いてあげると、くり子はにかっと笑った。

「おねいちゃん、おやこどん、おいちぃ！」

ちょっと発音が変だけれど、この子は私を「お姉ちゃん」と呼びたいらしい。不思議と悪い気はしなかった。

「ああ、美味しかった。杏菜、ありがとな」

ぺろりと親子丼を平らげたお父さんは、満足そうにお腹を撫でている。私もお腹が満たされたし、これならきちんと話を聞けそうだ。

「じゃあ食べ終えたことだし、そろそろ話の続きを……」

話し合いの続きを促《うなが》そうとしたら、お父さんは口に人差し指を立て、「しーっ」とささやいた。もう片方の手で、くり子をそっと指さしている。

銀色の角の幼女は、うつらうつらと居眠りをしていた。お腹が満たされたことで、急に眠くなってしまったのかもしれない。

「とりあえず寝させてやっていいかな?」

私の顔色をうかがうように父が聞いてくるので、黙って頷いた。

居間の奥にある和室に布団を敷くと、お父さんはくり子を抱き上げて運び、そのまま寝かせた。

居間には私とお父さんのふたりだけになった。このあとに話し合いをするなら、幼女のくり子が寝てしまったのはむしろよかったかもしれない。

「さてと。お父さん。ちゃんと全部話してくれる？　じゃないと私も、今後どうすればいいのかわからない」

お父さんと面と向かって話し合うのは、久しぶりのことかもしれない。

「わかってる。全部話す」

お父さんは私と向き合う形で座り、ゆっくり話し始めた。

「くり子のお母さんは、野分《のわき》さんという名前の女性だ。たまたま迷い込んだ道の奥で見つけた居酒屋の店主だったんだ。小さな居酒屋なんだけど、人間ではない存在もいたような気がする。当時は気のせいだと思ってたけどね。野分さんも不思議な雰囲気の女性で、仕事の愚痴や思い出話なんかをつい話してしまった。彼女は嫌な顔ひとつせず聞いてくれたよ。それが嬉しくて、店に通うようになった。そこから少しずつ親しくなっていったんだ」

野分さんのことを話すお父さんは穏やかに微笑んでいる。きっといい関係だったのだろうなと思えた。

「おまえのお母さんのことを忘れたわけじゃない。さくらは今も俺の心の中にいる。さくらのことを大切に思いつつ、野分さんと一緒にいられたら嬉しいって思った。だから俺から申し込んで、正式にお付き合いすることになった」

お父さんと野分さんは、ゆっくりと愛情を育てていったみたいだ。

「付き合い始めた頃に、一度プロポーズしたんだ。でもやんわりと断られてしまった。自分はここでしか生きられない女だから、って。無理強いはしたくなかったし、彼女の気持ちが固まるまで待つことにした」

「ここでしか生きられない女」ってどういう意味なのだろう。不思議だけど、今はお父さんの話を聞くしかない。

「野分さんとお付き合いして一年ぐらいが経った頃、彼女から告げられた。お腹に子どもができたってね。それを聞いて、俺の心は決まったよ。野分さんを妻として我が家に迎えて、共に生きていこうって。優しい野分さんなら、杏菜とも仲良くなれるって思った。ところが野分さんは同居も結婚もしばらく待ってほしいって言うんだ」

「え、なんで？」

つい聞いてしまった。純粋に疑問だった。恋人であるお父さんからの求婚を嬉しいと思わなかったんだろうか？

会ったこともない野分さんと私が家族として仲良くなれるかどうかは勝手に決めな

いでほしいけれど。

「今は何も聞かず、子どもが生まれるまで待ってほしいと。杏菜さんにもまだ言わないでって言うんだ。それで杏菜には内緒にしたまま、野分さんとの交際をひっそりと続け、くり子が生まれた。生まれた赤ん坊を見て、驚いたよ。生まれた子の頭には小さな角が二本、ひょっこりと生えていたからね。それでようやく話せなかった事情がわかった気がした」

交際していた女性がいたことを私に話さなかったのは、野分さんが望んだことだったのだ。

「くり子を抱いた野分さんがやっと話してくれたよ。『わたしは人間ではありません。鬼と呼ばれるあやかしです。山彦《やまひこ》さん、今まで黙っていてごめんなさい』ってね。自分の正体を隠していたのは、俺に嫌われるのが怖かったそうだ。そんなことで彼女との交際をやめる気はなかったんだけどね」

残っていたお茶をすすり、お父さんは少しだけ悲しそうな顔を見せた。

「俺と交際を続けるうちに、野分さんは人間として俺や杏菜と暮らしたいと願うようになった。生まれてくる子が普通の人間の子と変わらなければ、自分の正体を隠したまま、ひっそりと人間の世界で生きていきたいと考えたそうだ。正体を事前に明かして俺や杏菜を困惑させたくなかったって。それで、くり子が生まれるまで同居も結婚も待ってほしいと俺に話したわけだ。ところが生まれてきた子には銀色の角がある。まさに鬼の子だった。その姿を見た瞬間、自分がどれだけ身勝手な願いを思い描いていたのか思い知ったって。野分さん、俺にも、くり子にも、そして杏菜さんにも申し訳ないって泣いていたよ」

野分さんはお父さんにずっと好きでいてほしくて、自分の正体を隠したまま生きていこうとしたのだろうか。

恋とか愛とか、私にはまだよくわからない。けれど正体を明かすことで、好きな人に嫌われたくないという気持ちはなんとなく理解できる気がした。

「それからの野分さんは、ひとりで思い悩むことが増えてきてね。俺にできることはなんでもするから、頼ってくれって何度も話したよ。鬼であってもかまわないから、俺の家で一緒に暮らそうって伝えても、無言で首を横に振るばかりだった。嫌がる彼女を無理やり連れてくるわけにはいかない。野分さんの店に通うことで、彼女とくり子を見守ることにしたんだ。せめてこれだけはと思って、くり子の養育費はこっそりと野分さんのお店に置いていくようにしてたけど、あまり使わなかったみたいだ。くり子の手荷物の中に、俺が渡した養育費の封筒が入っていたからね」

お父さんは野分さんの正体を知っても、くり子の頭に角があっても、ふたりを嫌ったりはしなかった。週に二回ほど、どこかのお店に行っていたのは知っていたけど、こんな事情があったなんて驚きだ。

「そんな生活を続けていたある日、野分さんから手紙が届いた。カラスが運んできてくれたよ。そこにはこんなふうに書いてあった。『山彦さん、あなたに出会えてわたしは幸せでした。つかの間ですが、人間の女性の気分を知ることができた気がします。わたしはもうじきこの世界から消えることになるでしょう。それが娘のくり子のためでもあるのです。わたしの願いは、山彦さん、杏菜さん、そしてくり子が幸せであってくれること。どうか娘のくり子をよろしくお願いします』って。驚いて野分さんの店に行ったら、くり子がひとりでぽつんといて、俺が来るのを待っていたんだ。くり子を抱いて、野分さんを必死に捜したけど、見つけられなかった……」

お父さんは悲しげにうつむいた。お父さんは、野分さんとくり子のことを大切にしていたんだ。いずれはふたりをこの家に連れてきて、私に紹介するつもりだったのだろう。

「それでくり子だけを我が家に連れてきたのね。それにしても野分さんはどこに行ってしまったの？」

「それがわからないんだ。野分さんはくり子のことをとても大切に思っていたし、娘ひとり残して失踪するなんて考えられない。だから何か事情があったんだと思ってる。だから野分さんのことが何かわかるまで、くり子をこの家で暮らさせてやりたい。杏菜、急で申し訳ないけど、どうか受け入れてもらえないだろうか」

お父さんに交際していた女性がいたこと。そしてその女性との間に娘が生まれていたこと。それらを私に話せなかった事情はよくわかった。

でもだからといって、半妖の妹の存在を受け入れられるかどうかは、また別の話に思えた。

お父さんが、天国に逝《い》ってしまったお母さん以外の女性と恋仲になる。なんとなく覚悟はしていたけれど、実際に話を聞くと内心は複雑だった。

お父さんには再婚して幸せになってほしいと思う。お母さんの思い出を胸に、生涯ひとりで生きていってほしいなんて言えない。いずれ私が自立してこの家を出たら、お父さんはひとりぼっちになってしまうもの。

　肝心の再婚にいろいろと問題が発生してしまったようだけれど、お父さんなりに私や野分さん、くり子の幸せを願っていることを知ることができてよかったかもしれない。おかげで冷静に考えることができそうだから。

　幼い妹を認めてあげたいって気持ちと、今はまだ受け入れたくないって思いが、私の中でぶつかり合っている。すぐには答えが出てきそうになかった。

「お父さん。今は自分の感情が整理できてないの。だからくり子を私の妹として受け入れるかどうかはまだ決められない。でもこの家以外に、あの子が行くところがないのもわかるから、一時的に預かってる女の子ってことでいい？　ゆっくり考えてみたいから」

　心配そうに私を見ていたお父さんが、ほっとしたのがわかった。

「それでいいよ。ゆっくり考えてくれ。杏菜、ありがとう」

　急にお母さんがいなくなってしまった幼女を、あっさり追い出すような真似はしたくないしね。きっと今はこれでいいんだと思う。

　とりあえず今晩は私もお父さんも早めに休むことにした。

お父さんは先に寝ていたくり子と一緒に寝て、私は自分の部屋へ。今日はいろんなことがあったからか、あっという間に眠ってしまった。

半妖の妹のくり子は、私たちの家に突然やってきた。誰にも言えない秘密の暮らしは、こうして始まったのだ。

†

夢の中で私は、幼い少女だった。台所に立つお母さんの足元にまとわりつき、下からお母さんがすることを眺めるのが好きだった。

「お母さん、今日は何を作っているの？」

「杏菜の好きなハンバーグよ」

「やったぁ！　あのね、粉がふいたジャガイモもある？」

「粉吹《こふ》きいもね。杏菜はおイモ好きだもんね」

「うん！」

何気ない日常だったけれど、幸せな時間だった。

お母さんの足元にまとわりつくことはなくなっても、私の背丈がお母さんに追いついても、お母さんはずっと私のそばにいてくれる。そう思っていた。あたりまえの日常が、ある日突然なくなってしまうなんて、考えもしなかった。

「おかあ、さん……」

目から涙がにじみ、頬を伝って落ちていくのを感じる。誰かの手が、私の顔にふれた。

お母さん？　お母さんなの？

小さくて、ぷにぷにの手だった。お母さんの手が、ぷにっとして小さいわけがない。

ゆっくり目を開けると、まず視界に入ってきたのは、牙が見え隠れする小さな口元。灰色の大きな瞳が、私をじっと見ている。頭には銀色の角が二本、ちょこんと生えていた。

「く、くり子ちゃん？」

一気に目が覚めた。寝ているところを、昨日会ったばかりの妹に見つめられていたら、驚くってものだ。

「おねいちゃん……」

灰色の瞳が不安そうに揺れている。

「どうしたの？　私に何か用事でも？」

ほっとしたような表情を見せたくり子は、直後に叫んだ。

「おねいちゃん、生きてう！」

顔をくしゃくしゃにさせ、にかっと笑う。無邪気な笑顔につられて、私もにへっと笑ってしまった。

私が生きて息をしてるってだけで、そんなにも嬉しいのだろうか？　身近な人が無事かどうか心配でたまらないのかもしれない。

「そういえば、お父さんは？」

「おとーしゃん、おちごと」

「おちごと？　ああ、仕事ってことね。急な仕事が入ったの？　……って、ちょっと待って。お父さん！」

パジャマ姿であることも忘れ、慌てて父の姿を捜す。お父さんはすでに玄関で靴を履き、今まさに家を出ようとしていた。

「お父さん、待って！」

「ああ、杏菜。起きたか？　おはよう。仕事でトラブルがあったらしいから、これから行ってくるよ」

「うん。いってらっしゃい……じゃなくて。私とあの子――くり子ちゃんをおいて仕事に行くつもり？　私、まだ受け入れられてないって、昨日の夜話したよね？」

「うん、わかってる。でも仕事でどうしても行かないといけないんだ。杏菜とくり子、ふたりが安心して暮らせるように稼がないといけないしな。なんとかまとまった休みがもぎとれるように相談してくるから、今日だけは頼む」

「待ってってば。私たちのために働いてくれるのはありがたいけど、まったく慣れてない幼女といきなりふたりだけって、くり子は杏菜に懐いてたよ。ごはんを作ってくれる人だって認識したんだろう。今日は土曜日だし、できるだけ早めに帰ってくるから。じゃあ行ってきます！」

「でも昨日の感じだと、くり子は杏菜に懐いてたよ。ごはんを作ってくれる人だって
　そそくさと仕事に向かった父を追おうと玄関を飛び出しそうになったけれど、自分がまだパジャマ姿であることに気づき、やむなく扉を閉めた。

「お父さんのバカ。仕事だからって、いきなりふたりだけにしないでよ。今日一日ど

うすればいいわけ？」

工場で現場を管理する仕事をしている父は、勤務時間が不規則で、帰宅が遅くなることもある。それでも必ず帰ってくるし、遅くなる時は連絡をくれるから、今は父の帰宅を待つしかない。

「お、おねいちゃん……」

壁の向こうから顔だけのぞかせ、くり子が遠慮がちに声をかけてきた。灰色の瞳に涙がうっすらとにじんでいる。

パジャマ姿でお父さんを追いかけて、しばし言い合いみたいになっていたから、怖くなってしまったのかもしれない。

「くり子ちゃん。その、びっくりさせてごめんね？」

くり子は銀色の角が生えた栗色の髪を揺らし、こくりと頷いた。そのまま無言で、私をじーっと見つめている。離れたところから様子をうかがう猫みたいだ。

「えっとね、くり子ちゃん。私に何か伝えたいこととかある？」

とりあえず聞いてみた。小さな女の子が自分の気持ちをしっかり伝えられるかどうか、私にはわからない。だが、接し方がわからないなら、本人に聞くしかない。

そもそも私は、幼女という存在に慣れていない。ずっとひとりっ子だったし、特に子どもが好きってわけでもない。昨夜はごはんだけは食べさせたけど、あとはどうしたらいいの？　幼女とふたり、どう過ごしたらいいわけ？

くり子は表情を変えぬまま、じーっと私を見ている。観察でもしているのかな？

「くり子ちゃん？」

返事はない。うーん。これはやみくもに刺激せず、そっとしておけばいいってこと？　わからないなぁ。

「と、とりあえず。私、着替えてくるね？」

くり子に背中を向けた時だった。

「おねいちゃん……。おしょば、いってもいい？」

おしょば？　そばを食べたいんだろうか？　いや、違うな。「いってもいい」ってことは……

「ひょっとして、私の近くに来たいの？」

無表情だったくり子の顔が、ほんのり赤く染まり、恥ずかしそうにこくんと頷いた。きらきらと目を輝かせながら、私の返事を待っている。猫というより、人間に懐きたがっている子犬みたいだ。こんな時は、「おいで」って言えばいいのかな？

「えーっと。いいよ。私の近くに来ても。お、おいで？」

人間の子、いや、半妖の子に、「おいで」って言っていいんだろうか？　でも他になんて伝えればいいの？

どうすればいいのかひとりで悩んでいると、いつの間にか、くり子がすぐそばに来ていた。

「くり子ちゃん？」

そっと名前を呼ぶと、くり子の顔がふにゃっと崩れた。

私を見上げ、にまっと笑う。無邪気な笑顔だった。私のパジャマの裾を掴み、嬉しそうに体を寄せてくる。しっぽを振った犬が懐いてくる瞬間みたいだ。

「おねいちゃん！」

か、可愛い……

幼女だからなのか、この子だからなのかわからないけど、私に甘えたいみたいだ。そんな仕草をされたら、きゅんとしてしまうじゃないの。

「って、いやいや、ちょっと待て、私。まだ妹って認めてないし！　でもこの子に罪はないんだよねぇ……」

頭を抱えて葛藤《かっとう》してる私を、くり子はきょとんとした顔で見つめている。まだ小さいし、この子にあれこれ質問したら、かわいそうだよね。

「とりあえず。朝ごはんでも食べようか？　くり子ちゃん」

くり子は嬉しそうに、こくこくと頷いた。ひょっとしたら、お腹が空いていたのかもしれない。だから寝ている私を起こしに来たのかな？

「今から朝ごはんを作るけど、くり子ちゃんは何がいい？　パン？　それともごはん？」

「えとね、おむしゅぴ！」

「おむしゅび？　おむしゅび、おむすび……。ひょっとして、おにぎりのこと？」

おにぎりを握る動作を見せると、くり子はうひゃひゃっと笑い、楽しそうに私の真似をする。

「おむしゅび、すき」

「おむすびね。具は何がいい？　っていっても、今は塩昆布と梅干ししかないけど、いいかな？」

「うめぼち、すき」

「梅干しね。わりと渋い好みね。用意ができるまで、ひとりで待っていられる？」

くり子はこくんと頷いた。

昨夜会ったばかりの妹とはいえ、誰かのために朝食を準備する。なんだか目的ができたみたいで、私も少しだけ嬉しい気がした。

「美味しいおにぎり作るから、ちょっと待っててね！」

台所へ走ろうとして、自分がまだパジャマだったことに気づき、慌てて自分の部屋へ戻った。


炊飯器のボタンを押すと、ゆっくりとふたが開く。ほわっと湯気が顔にあたり、炊き立てごはんの少し甘い香りが漂う。この瞬間って、わりと好き。

ふと背中に視線を感じて振り返ると、くり子が私をじぃっと見つめていた。

「おねいちゃん、あのね。おしょば、みててもいい？」

おずおずと遠慮がちに話す。どうやら朝食を作るところを見ていたいようだ。

「いいけど、ただおにぎりを握るだけよ？」

「にぎにぎするの、みちゃいの」

「見たい」か。そういえば私も、お母さんが料理するのを見るのが好きだったな。なんだか懐かしい。

「いいよ、おいで」

できるだけ優しく声をかけてあげると、くり子は嬉しそうに微笑み、私の足元へ駆け寄ってきた。そして、つま先立ちでのぞき込もうとする。しっかり見たいのか、懸命に足を伸ばしていた。

「椅子に座って見ていたら？」

くり子はこくりと頷き、食卓の椅子に飛び乗った。

「おにぎりは梅干しがいいって言ったわね。そのままだと梅干しが大きいかな。刻んでごはんにまぜ込もう」

私の手元を凝視するくり子に聞こえるように、おにぎりのことを説明した。梅干しから種を取り出し、包丁でたたく。炊き立てごはんをボウルによそうと、たたいた梅干しを入れ、ふんわりと混ぜる。

「炊き立てごはんがべちゃつかないように、さっくりとね。小さめのおにぎりのほうが食べやすいだろうから、ラップで握ろうかな」

　切りとったラップで梅干しをまぜたごはんを握り、小さめの三角おにぎりを作る。海苔《のり》でくるりと巻いてお皿にのせ、くり子の前に置いた。

「梅干しのおにぎり、できたよ。どうぞ」

　くり子は嬉しそうな顔で、ぱっとおにぎりを掴みとろうとしたけれど、はっとしたように手を止めた。そして、ぷにっとした小さな手を、ぺちんと重ね合わせる。

「いたーだきましゅ」

「いただきます」ってことよね。昨夜もそうだったけど、きちんとご挨拶ができる子みたいね。ちょっと発音が変だけど、きっといい子なんだ。

「どうぞ、めしあがれ」

　声をかけると、その言葉を待っていましたとばかりにおにぎりを掴み、小さなお口でかぶりついた。

　口に入れたおにぎりをもぐもぐと食べた瞬間。くり子はぎゅっと目をつむり、口をすぼめるような仕草をした。

　どうやら、想像以上に梅干しが酸っぱかったみたいだ。

「ごめんね。梅干しが酸っぱかった？　これ、お父さん用のやつだから。他のおにぎりに代えようか？」

くり子は首をぶんぶんと振り、お皿を抱え込んだ。

「くり子、しゅっぱいのすき。おねいちゃん作ってくれたから、ぜんぶ食べう！」

残したくないのか、くり子はひと口食べては酸っぱそうに顔をしかめ、またひと口。でも酸っぱいのが好きというのは嘘ではないようで、実に嬉しそうに食べている。

「ほら、お茶も飲んでね」

お茶を口に含んだくり子はふにゃっと笑い、また梅干しのおにぎりを食べ始める。しばらくして、くり子は顔を少し傾け、何事か考え始めた。

ん？　何を考えているんだろう。

不思議に思っていると、くり子は三角のおにぎりの上下をひっくり返して、しばらく眺めたあと、またかぷっとかじりついた。

「ん〜っ！　こっちも、ちゅっぱい！」

三角のおにぎりを、別の方向から食べたら酸っぱさが緩和されると思ったようだ。子どもらしい無邪気な思考。ごはんに細かくした梅干しをまぜ込んであるから、向きを変えても味も酸っぱさも変わらないのに。

思わず笑いたくなるのを、どうにか手で押さえて堪えた。

この子、可愛い。そしてたぶん、普通の子だって思う。

「無理しなくていいよ。今度は甘めのはちみつ梅で作ってあげるね」

くり子はにこっと笑い、それでも食べるのをあきらめたくないのか、再びおにぎりにかぶりつく。そしてまた酸っぱそうな顔をする。

愛らしい仕草に、つい手を伸ばして頭を撫でてしまった。頭を撫で始めると、すぐに違和感に気づく。普通の子にはない、頭の角があるからだ。夢中でおにぎりを頬張る幼女の口元には、鋭い牙も見え隠れしている。

角があるということは、やっぱり鬼の子なんだろうと思う。私が知ってる鬼は童話とかに出てくる鬼で、見るからに怖そうな雰囲気だ。でも目の前にいるくり子は、角と牙がある以外は人間の幼女と変わらない気がした。

この子が半分血が繋《つな》がった私の妹という実感はない。今はちょっとだけ可愛いと思えるけれど、これからも仲良くしていけるかどうかはわからなかった。

「これから、どうなるのかな……」

ぽつりと呟《つぶや》くと、くり子は私の顔を見つめ、不思議そうに頭をかくりと傾けた。

「おねいちゃん?」

「ごめん。おねいちゃんのひとり言。気にせず食べていいよ」

「うん!」

もぐもぐとおにぎりを食べ続けるくり子を眺めながら、私も自分用の梅干しのおにぎりにかぶりつく。直後、思いっきり口をすぼめてしまった。

「すっぱぁ! これは酸っぱいわぁ……」

次に買い物に行く時は、はちみつ梅も忘れないようにしよう。うん、絶対だ。


「幼児の子守りって、どうすればいいんだろう?」

朝食を一緒に食べてお腹は満たされたけれど、このあと、くり子と何をして過ごせばいいのか、さっぱりわからなかった。

妹や弟がいる友達に聞いてみたいところだけど、あやかしの子を世話した友達なんてきっといないだろうし。

「こういう時は、あれかな。やっぱり」

愛用のスマホを取り出すと、ささっと検索してみた。

『幼児と家で遊ぶ』や『子ども　遊ぶ　家の中』などで探すと、実に様々な情報が出てきてくれた。その中で、幼女が家の中ですぐにできそうな遊びを探していく。

ブロックや積み木なんてすぐには用意できないし、お人形やぬいぐるみもない。折り紙も買ってこないと家の中にはない。

「今、家の中にあるものがいいんだけどなぁ……」

画面をスクロールしながら次々と情報を見ていくと、ようやくいいものを見つけることができた。

「くり子ちゃん、これね。おねいちゃんの色鉛筆なんだけど、これを使って、お絵描きでもして遊ぶ？　といっても、ノートぐらいしかないんだけど」

私が子どもの頃に使っていた色鉛筆を見せると、くり子はすぐに顔を綻《ほころ》ばせた。

「うん！　ありあと」

色鉛筆とノートを受けとり、くり子は何やら夢中で描き始めた。

よかった。これでしばらくはひとりで遊んでいてくれるだろう。ノートは普段学校で使っているものを一冊持ってきた。色鉛筆は私が小さい頃に使っていたもので、お母さんに買ってもらった品だ。思い出のある色鉛筆だったから、今でも捨てずにしまってあったのだ。短くなってる色鉛筆もあるけど、今は我慢してもらうしかない。

「小さい頃は私もよくお絵描きして遊んでたのに、すっかり忘れてたなぁ……」

目を輝かせて色鉛筆をノートに滑らせていく幼女を見守りつつ、洗い物を片付けたり、洗濯物を干したりして、家事を済ませていった。

お昼は残ったごはんをチャーハンにして、くり子と一緒に食べた。

「おねいちゃん、ちゃーはん、おいちいね！」

ごはんものは好きなようで、くり子はチャーハンもきれいに平らげてくれた。好き嫌いの少ない子なのかな。だったら助かる。

昼食のあとも、くり子は色鉛筆に夢中で、楽しそうにお絵描きをしている。私はその横で宿題などをして、穏やかに時間が過ぎていった。

やがて日が暮れ、夜となった。お父さんからメールが来ていて、そこには「すまない。事情があって少し遅くなる」とだけ書かれていた。

「事情って何よ。こっちも十分、『事情あり』なんですけど？」

ぶつぶつと文句を言いながら、少し早めの夕食としてきつねうどんを準備した。くり子用はお揚げを小さめに切って、少し冷ましてから出した。

「ちゅるちゅる、おいちいねぇ」

くり子は食べることが好きなようで、文句も言わずよく食べた。にこにこと笑顔を絶やさないくり子は可愛らしく、苛《いら》ついた心がちょっとだけ癒《いや》されるのを感じる。

くり子がとてもいい子だったからか、特に苦労もなく夜まで過ごすことができた。

「幼女の世話ってもっと大変かと思ったら、案外カンタンじゃない」

なんて余裕の発言ができたのは、お風呂前までのことだった。

「くり子ちゃん。お父さん、帰ってくるの遅くなりそうだし、先にお風呂に入ったら？」

今度もいい返事がくるだろうと思っていた。これまでずっとお利口さんだったから。

「いやっ！」

小さなくり子から、初めて聞く言葉だった。

「くり子、おふろ、きやいっ！」

ぷいっとそっぽを向く。今日一日素直でいい子だったのに。

いったい、どうしちゃったのよ？

「おふろ、きやい！　だいきやい！」

どうやら、「お風呂が嫌い」と言いたいらしい。頬をぷうっとふくらませ、ぷりぷりと怒っている。私に見せていた愛らしい笑顔はまぼろしだったのだろうか。

「くり子ちゃん、お風呂が苦手なのはわかったけど、昨日も入ってないでしょ？　汗だけでも流したほうが……」

「そのまえも、そのまえのまえも、おふろ、はいってにゃいもん！　だから、へーきらもん！」

「その前も、その前の前もお風呂に入ってないってことね。あれ……となると、くり子ちゃん、お風呂に何日入ってないの？」

くり子はびくりと肩を震わせ、気まずそうにうつむいた。

「少なくとも三日は入ってないってことかな？」

少し苛《いら》つきながらも、できるだけ優しく聞いてみた。くり子は顔をあげ、ちらりと私を見る。

「そのまえも、まえもはいってにゃい……」

「ということは……。まさか五日もお風呂に入ってないの⁉」

思わず叫んでしまった。私の声に驚いたのか、くり子はテーブルの下に隠れる。

「おふろ、きやいやもん！」

「きらいだからって限度ってものがあるでしょ。ほら、くり子ちゃん。こっちにおいで。お風呂に連れていってあげるから」

テーブルの下をのぞき込み、くり子に手を伸ばす。

「やっ！」

ぷいっと顔を背け、私と目を合わせようともしない。

「や！　じゃないでしょ。くり子ちゃん、こっちにおいで」

「じぇったい、やっ！」

「あのね……いい加減にしないと、おねいちゃんも怒るよ？　そもそも昨日会ったばかりの子を、私がお世話する義務もないんだからね！」

慣れない子守りで疲れ始めていたせいか、つい余計なことまで叫んでしまった。妹という実感のない幼女に気を遣いながら、どうにか夜まで面倒をみたのだから。

「おねいちゃんが、おこった……」

「え？」

震えるような、小さな声が聞こえてきた。テーブルの下をうかがうと、くり子の目には涙がたまっている。

しまった……

と思った時にはすでに遅く、幼子の目から涙があふれ出してくる。

「おねいちゃんが、おこったぁ！　おねいちゃんが、おねいちゃんがぁ……。うわぁぁ～ん！」

くり子はおいおいと泣き始めてしまった。その泣き声のすさまじいことといったら。疲れた私の頭に泣き声がわんわんと響いて、頭痛がしてきた。

「お、おかーしゃん……。あいたいようぅ。おかーしゃん、ふぇぇ」

「くり子ちゃん……」

くり子はこの家に来てから一度も、「お母さん」と口にしたことがなかった。幼児だし、お母さんが恋しくてたまらないだろうに。この子なりに、私やお父さんに気を遣っていたのかもしれない。私に怒られたから、本当のお母さんに会いたくなってしまったように思えた。

お母さんを求めて泣き続けるくり子の姿が、昔の自分に重なる気がした。この家で、お父さんとふたりだけになってしまった頃のことを。

辛くなってしまった私は、思わず目を閉じ、耳を塞いだ。

目をつむると、お母さんが元気だった頃の姿が浮かぶ。優しくて、いつも笑顔を絶やさなかった私のお母さん。笑顔が消えてしまったのは、病院に入院してからだ。

「杏菜、わたしがいなくなっても、お父さんと仲良くしてね。家族を大切にして。杏菜、あなたをおいていくお母さんを許してね……」

病院のベッドで、お母さんは泣きながら私を抱きしめた。お母さんが泣くところを見たのは、あれが最初で最後だった。

そっと目を開け、泣き続けるくり子を見た。ぼろぼろと涙をこぼし、悲しそうに泣いている。くり子は私と同じなんだ。母は違うけれど、今でも自分の母親を恋しく思っているのだから。くり子はまだ小さいし、母親を求める気持ちは、私よりずっと強いはずだ。

この子を受け入れてあげたい。

くり子が我が家に来て、初めて強く思った。

妹だから、とかじゃなくて、同じような境遇になってしまった子に、寄り添ってあげたかった。

「くり子ちゃん。怒鳴ってごめんね。こっちにおいで。おねいちゃんと一緒に、お風呂に入ろう?」

私はくり子のお母さんにはなれない。でも姉として、お母さんの真似事ぐらいならできると思うし、してあげたいと思う。

くり子のわめき声が、ぴたりと止まった。まだ涙は流れているけれど、大きな灰色の目で私をじっと見ている。

「おねいちゃん、いっしょ? おふろ、いっしょ、にゃの?」

「そうだよ。おねいちゃんが、くり子を優しく洗ってあげる。だからお風呂に入ろう。ね?」

くり子は涙を手で拭《ぬぐ》うと、もそもそとテーブルの下から這《は》い出てきた。

「おねいちゃんといっしょ。なら、おふろ、はいりゅ」

涙ぐみながらも、くり子は小さく笑った。

あやかしのお母さんがいなくなってしまったとはいえ、いきなり知らない家に連れてこられて、この子も不安だったことだろう。それでもこの子なりに、私になじもうと頑張っていたのかもしれない。戸惑う気持ちは、私よりずっと強かっただろうに。

「うん。おねいちゃんと一緒にお風呂に入ろうね」

微笑んでみせると、くり子もにこっと笑った。

「じゃあ、お風呂に行こうか？　くり子」

そっと手を伸ばす。くり子は私の手と顔を交互に見つめていたけれど、やがてしっかりと私の手を握った。小さくて、ぷにっとした可愛い手だった。

「おてて、つないで、おふろ、はいろね。おねいちゃん」

「うん。手を繋《つな》いで、お風呂に行こうね」

小さな手を軽く握りながら、お風呂場までゆっくりと歩いた。お風呂の前でまた泣き出すかと思って少し緊張したけれど、くり子はもう泣くことはなかった。

「服は自分で脱げる？」

くり子は得意気に右手をあげた。

「できゆ！　でもね、おそでが、すぽんってとれないの……」

「手伝ってあげるから、できるところまでやってごらん」

「うん！」

下のショートパンツは自分で脱ぐことができたけど、Tシャツの袖部分をぬくことができなくて、もたついていた。

「くり子、ばんざいして」

そう言って両腕を上に伸ばさせると、くり子は素直に従った。

「ばんじゃーい」

「はい。お利口さん」

ひっぱり上げてやると、すぽんとTシャツが脱げた。

「すぽん！　っていったぁ！」

くり子はうひゃひゃひゃと笑っている。服が脱げただけで楽しいのかな。さっきまで泣いていたのに。ちびっ子って変だけど、ちょっと面白い。

私も手早く服を脱ぎ、くり子と手を繋《つな》いで浴室の扉を開けた。浴槽のふたを開けると、温かな湯気で浴室が満たされていく。湯気の温もりに怖気《おじけ》づいたのか、くり子が私の後ろに隠れた。

「もわもわ、こわい……」

湯気を「もわもわ」と言って、怖がっている。温かい湯気が苦手だから、くり子はお風呂が嫌いなのかもしれない。

「そうだ。いいものがある！」

浴室の収納棚から、あるものを取り出すと、くり子に手渡した。

「これ、なぁに？」

手のひらに置かれたキューブ状の塊《かたまり》を、くり子は不思議そうに見つめている。

「それをね、あつあつのお風呂に、ぽいってしてごらん。お風呂が変わるよ」

こくりと頷いたくり子は、浴槽にキューブを、「えいっ！」と投げ入れた。するとキューブがお風呂の中で溶け、しゅわしゅわと泡が出て、お湯の色がみるみる変わっていく。

「わぁ。おふろが、しゅわしゅわ、ゆってるぅ！　あっ、いろもかわるぅ」

くり子が浴槽に投げ入れたのは、キューブ状の入浴剤だ。疲れた時にお父さんが愛用しているもの。大人にとってはただの癒《いや》しアイテムでしかないけれど、子どもには変化が楽しいのでは？　と思ったのだ。案の定、くり子から怯えが消え、目を輝かせながら浴槽を見つめている。

「くり子、しゅわしゅわが出ている間に体を流して、一緒にお風呂に入ろう」

「うん！」

お湯をそっとかけてやると、くり子はもう楽しくて仕方ないといった様子で、うひゃうひゃと笑いながら体をこすっている。お湯の色が変わっただけなのに、くり子には特別なことのようだ。

「おねいちゃんが洗ってあげるね。ほら、これはくまさんのスポンジだよ」

「くまちゃん！」

くまの形をしたバススポンジに大喜びしたくり子は、きゃーきゃーと奇声をあげながら私に洗われる。さっきまでお風呂嫌い！　って叫んでいたのが嘘みたいな笑顔だ。

「頭も洗うから、目をぎゅーっとして」

「ぎゅ～」

目をぎゅっと閉じたくり子の頭にお湯をかけてやる。シャンプーの泡の中に見え隠れする銀色の角に気をつけながら、丁寧に頭を洗った。

「じゃあ、お湯に入ろう。ピンクのお風呂だよぉ」

「わーい、ぴんくぅ！」

くり子を抱き上げてお湯の中に入れてやると、大喜びで体を沈めていく。

「ここもぴんく、あっちもぴんく。くり子の手のなかも、ぴんく。じぇーんぶ、ぴんく！」

入浴剤でピンク色になったお風呂がよほど楽しいのか、くり子は無邪気にお風呂を楽しんでいる。

「くり子、肩までお湯に浸かろう」

「うん！」

くり子を膝に座らせ、ふたりでゆっくりと体を温めた。くり子はピンク色のお湯に手を浸したり、外に出してみたりと楽しそうだ。

それにしても、ちびっ子とお風呂に入る日が来るなんて、考えたこともなかったな。ひとりだとシャワーだけで済ませてしまうこともあるし、お風呂が楽しいって思ったこともない。誰かと入るお風呂は騒々《そうぞう》しいけど、時にはこんなバスタイムも悪くないかもしれない。

「お風呂って楽しいね、くり子」

「うん！　くり子、おふろ、だいしゅき！」

すっかりお風呂好きになってしまったらしい。お風呂嫌いはどこにいってしまったのやら。幼児ってちょっと目線を変えてあげるだけで、こんなにも機嫌が良くなるんだ。面白い。

「ばちゃ、ばちゃ。うふふ〜」

くり子は本当に楽しそうだ。これなら明日からのお風呂入れは楽になるかもね。

しばらくお湯の温かさを堪能していたら、くり子が急に静かになった。

「くり子？」

声をかけると、くり子は私の膝で、こくりこくりと舟をこぎ、居眠りをしていた。

「えっ、さっきまで楽しそうに笑っていたのに、今度は眠たくなっちゃったの？

ちょ、待って、待って」

慌ててくり子を抱き上げ、浴室から出た。

「くり子、体を拭くよ。ばんざいして」

「ばんじゃ〜い。おねいちゃん、ねむいよぅ……」

「わっ、もうちょっとだけ待って、お願いっ！」

その場でかくんと寝落ちしそうになるくり子の体を拭き、私のお古のパジャマを着せる。ちょっと大きいけど、この際仕方ない。

「さ、できたよ。お布団に行こうか」

もはやくり子は一言も発せず、体もぐらんぐらんと揺れている。慌てて抱き止めると、くり子は私の腕の中で、こてんと寝てしまった。

「わ、もう寝ちゃった。早すぎるよ」

すぅすぅと軽やかな寝息を立て、くり子は気持ち良さそうに寝てしまった。

「どうすんのよ、この状況……」

私に体を預けて寝てしまったくり子に、途方に暮れた。でもこのままにしていたら、この子は風邪を引いてしまうかもしれない。

「早く布団に入れてあげないと。うわっ、重っ！」

寝てしまったくり子の体はずっしりと重い。幼児でも寝てしまうと、こんなにも重く感じられるんだ。

「風呂あがりに、これはキツイ……」

ふぅふぅ言いながら、どうにかくり子を運び、布団に寝かせた。

「つっかれたぁ〜」

幼いくり子は可愛いけど、お世話はやっぱり大変だ。

世の中のお母さんやお父さんは、毎日こんなことをやっているんだろうか？

「『お母さん』って、すごい……。あれ、でも明日からうちも毎日こんな感じなの？　私がお母さん役？　勘弁してよぉ……」

ぶつぶつ文句を言いながら、渇いた喉を潤《うるお》そうと冷蔵庫へ向かった。コップに冷えたジュースを注ぎ入れると、一気に飲み干す。

「くぅ〜効くぅ〜」

お酒を飲んだ大人みたいに呟《つぶや》くと、もう一杯おかわりした。一仕事終えたあとの一杯って、すごく美味しいんだ（私のは、ただのジュースだけど）。

「それにしても、お父さん遅いなぁ。早く帰るって言ってたくせに」

父への文句を言いながら、食器の片付けをしていると、玄関の鍵が開く音が響いた。

玄関に向かうと、髪の毛をぼさぼさにしたお父さんが入ってくる。

「ただいま〜。はぁ、疲れた。杏菜、風呂沸いてるかぁ？」

何事もないような声で、のん気に帰宅した父をにらみつけ、玄関で腕を組んで仁王立ちしてやった。

「お早いお帰りで」

もちろん嫌味だ。これぐらいしてやんなきゃ、気がすまないもの。

「おおうっ、杏菜」

私が怒っていることにようやく気づいたのか、父は気まずそうに頭を掻いている。

「その、すまん。朝はさっさと家を出てしまって。でもおかげでなんとかまとまった有給休暇が取れた。明日から二週間ほど、俺が家でくり子の面倒をみるよ」

「え、本当に休めるの？」

仕事に行く前に父が言ったことは、嘘ではなかったようだ。


「ふぅ。うどん美味しかったよ。ありがとな」

きつねうどんをおかわりした父は、満足したように微笑んだ。

「杏菜、今日はくり子の面倒を押し付けてすまなかった。仕事を無断で休むわけにはいかないし、家庭に事情があるってことを伝えて、どうにか休暇が取れたんだ。責任者が引き継ぎもなく休むわけにはいかないからな」

仕事に対する責任感を垣間見せた父の顔は、私が知っている姿とは少し違っている気がした。こんなにキリッとした顔もするのね、お父さん。

「急に仕事が入ったというのも本当のことだったのね」

「そうだよ。工場のシステムにトラブルが発生して、現場をよく知る人間が必要だったんだ」

今日の朝、慌てて仕事に行ったのは、本当に仕方がないことだったようだ。

「くり子ひとりだったら仕事先に連れていくしかないけど、あの子には角と牙があるだろう？　大騒ぎになるのが目に見えてる。くり子は杏菜に懐いてる感じだったし、今日だけならおまえに任せても大丈夫だと思ったんだ」

「勝手にそう思われても困るよ。くり子はごはんもよく食べて、にこにこしてて、いい子だった。でも夜はぐずって大泣きして、大変だったんだからね」

「それは悪かった。ところで、くり子にお昼寝はさせたか？」

「お昼寝？　えっ、ひょっとして小さい子ってお昼寝が必要なの？」

「子どもにもよるけどな。でも幼児が急にぐずり出す時は、眠い場合もあるんだ。杏菜がおチビだった頃も毎日お昼寝させていたぞ。お昼寝しないと、あとでぐずって大変なことになるからな」

「そうだったのね……。私、なんにも知らなくて」

「知らなくて当然だよ。杏菜には妹や弟もいなかったしな。杏菜の小さい頃のことを知ってるから、俺は少しだけ知識があるがな」

幼い子のことなんてなんにも知らなさそうな父が、子守りについて語っている。いい加減で何事も適当に思えるお父さんだけど、ちゃんと子どものことを見ているんだ。

「なんだよ、杏菜。俺の顔をじっと見て。何かついてるか？」

「意外だなぁって。お父さんは自分のことしか考えてないように思えた」

「おいおい。それはないだろ？　俺だって娘たちは可愛いし、何より大事に思ってる……って言いたいところだけど、そう思われても仕方ないよなぁ。最近は杏菜との会話も少なかったし」

確かに父との会話は減っていた。世間一般的な父と女子高生の娘が、どの程度会話しているのか知らないけれど。

「さくらが……杏菜の母さんが旅立ってしまってから、俺は杏菜と何を話していいのか、わからなくなっちまって。とにかく父として娘を笑わせないと！　ってナゾの使命感で親父ギャグを連発したりしたけど、どうも空振りだったし。なんとかしなければって思いだけが先走っていたんだと思う」

ちょっと不器用だけど、お父さんはお父さんなりに、私のことを大切に思っていてくれたんだ。

「おまえの悲しみをどうにかしてやりたいのに、何をどうすればいいのかわからなくて。父として情けない、不甲斐ないって落ち込んでた時に出会ったのが、野分さんだった。野分さんは俺の話をいっぱい聞いてくれたあとに言ったんだ。『山彦さん、大切な奥様を亡くされてお辛いでしょう。わたしの店にいる時ぐらいは、心の鎧《よろい》を外してくださいね』って。それを聞いた瞬間、思わず泣いてしまった。情けないけどな。杏菜のことも心配だけど、自分の悲しみとも向き合うべきだって気づいた。野分さんの前でみっともなく泣いて、ようやく前を向いて生きていこうって思えた」

お母さんが病気で亡くなった時、お父さんは私に涙を見せなかった。お母さんが天国に逝《い》ってお父さんは悲しくないの？　って思ったこともあったけれど、父は自分が悲しむ姿を私に見せたくなくて、必死だったのかもしれない。

「野分さんと交際を始めた時に思ったよ。彼女をこの家に迎えて、新しい家族としての生活を始めるのは、きっといいことだって。そうしたら、俺も杏菜も野分さんも、幸せになれるって思い込んでしまった。野分さんには野分さんの事情があったことに気づいてやれなかった。もっと時間をかけて話し合うべきだったって思うよ」

お父さんは少し遠くを見つめ、悲しそうに呟《つぶや》いた。自分のせいで野分さんがいなくなってしまったと責任を感じているのかもしれない。

「くり子がひとり残されてしまったけど、俺はなんとか育ててやりたいって思ってる。半妖であっても、くり子は俺の娘だから。だが杏菜にこれ以上迷惑はかけられない。だからまずは有給休暇でまとまった休みをとって、くり子の世話をしつつ、今後どうすればいいのか考えていきたいと思う」

お父さんはくり子を自分の娘として、この家で育てていきたいと思っているんだ。そしてそれは、簡単な話ではないことも理解している。くり子は半妖の子だから。

でもそうなれば、私も家族として協力していかなくてはいけないと思う。

小さい女の子を家族として引き取って育てていく。それは想像以上に大変なことだと、今日一日でわかった気がする。まだ心も体も未成熟だから、何をするかわからない危険性がある。できるだけ目を離さないようにしないといけないのだ。「いい子にしていて」と伝えて、大人しくできる幼児ばかりではないだろうし。

子育ては、きっと毎日、忙しさが怒涛《どとう》のように押し寄せてきて、体力もいるし、精神の疲労もすごいと思う。

そんな大変な生活を世の中のお母さんやお父さんがなんとかこなしているのは、自分の子どもを愛しているからなんだろう。だから大変な毎日でも頑張れるんだ。

私はくり子を、やってきたばかりの半妖の妹を、家族として愛していけるのだろうか？

悶々《もんもん》と考え込んでいたら、見かねたようにお父さんが声をかけてきた。

「もしも、杏菜がどうしてもくり子をこの家におきたくないと感じたなら、正直に言ってほしい。くり子の預け先だとかを考えていかないといけないからね。くり子をこの家で育てたいと思うのは、あくまでお父さんの意志だ。杏菜に命令するつもりはないんだ。杏菜の思いも大事にしたいんだよ。俺にとっては、杏菜もくり子も大切な娘たちだ。どちらの思いも無視したくない。くり子をいきなりこの家に連れてきて申し訳ないと思うけれど、お父さんは杏菜も大事だってことをわかってほしい」

父の目はいつになく真剣だった。お父さんはくり子の幸せも、私の幸せも願ってくれているんだ。私もこれからのことを真剣に考えていかないといけない。

「ありがとう、お父さん。もうしばらく考えてみるね」

父は静かに頷いた。

「じっくり考えてくれ」

その目は優しく、力強かった。


月曜日の朝。いつもどおり起きた私は、朝食とお弁当を作り始めた。

「お父さんと私の分。そして、くり子のお弁当と」

今日はお父さんは仕事に行かないけど、お昼を用意しておいたほうが助かると思ったのだ。

「くり子のお弁当箱になりそうなもの、何かあったかな?」

保存容器やお弁当箱を収納してある戸棚を確認すると、私が幼稚園の頃に使っていたお弁当箱を発見した。うさぎのイラストが描かれた、見た目にも可愛いお弁当箱だ。

「わぁ、懐かしい。お母さん、捨てずに残しておいてくれたんだ……」

幼稚園の頃は友達と遊ぶことと、このお弁当箱を開けるのが楽しみだった。大好きなミニハンバーグや玉子焼きが入ってると嬉しくて、友達に自慢したことを覚えている。

「お母さん、ありがとう。このお弁当箱、使わせてもらうね」

くり子用に小さく切ったおかずをお弁当箱に詰めながら昨夜の話を思い出していた。

お父さんはくり子を自分の娘として、責任をもって育てていきたいと言っていた。けれど私の意見も尊重したいと伝えてくれた。お父さんは私だけに子守りを押し付けるつもりはないのだろう。

今後どうするかは、私次第ってことだ。

くり子のことをどうしたらいいのか。その答えはまだ出ていなかった。

今日からお父さんの仕事は休みで、その間はお父さんがくり子の世話をすると言っている。でもこの先ずっと仕事を休めるわけではないから、毎日家で子守りをするのは無理だ。となると、私もくり子の面倒をみないといけない。

昨日だけでもあんなに大変だったのに、これからもずっとなんて頭が痛くなりそう。だけど……

くり子の可愛い笑顔が、頭の中に浮かぶ。私を、「おねいちゃん」と呼び、素直に慕ってくる幼い妹。あやかしの血を引く半妖の子で、これからどう成長していくのかわからない。

「私、どうしたらいいんだろう？」

料理を作りながら、ぼんやり考えていると、父とくり子が起きてきた。お父さんに抱かれたくり子は、眠そうに目をこすっている。栗色の髪が寝ぐせでボリュームたっぷりになっていて、文字どおりの鬼っ子みたいで、ちょっと笑ってしまった。

「杏菜、おはよう。杏菜はいつも朝早く起きていて、偉いなぁ」

「おはよう、お父さん。早起きは私の習慣になってるからね」

くり子は父の腕の中から滑り下りると、私に向かってぺこりと頭を下げた。

「おねいちゃん、おはよう、ごじゃーましゅ」

顔をあげ、無邪気な笑みを浮かべる。可愛い顔だ。

「おはよう、くり子。顔は洗った？」

「ま、まだ、でし……」

「お顔、洗っておいで。目も覚めるから」

顔を洗うのが苦手なのか、くり子は急にもじもじとし始めた。察したお父さんが、くり子を抱き上げ、笑顔で語りかける。

「くり子、おとーしゃんと一緒に、飛行機ごっこだ。ぶーんで洗面台へ行こう」

「うん！」

「いっくぞ〜。ぶーん」

「ぶーん。ひこうきぃ〜。きゃははは」

お父さんに抱かれ、くり子は笑顔で洗面台へ向かった。ふたりの笑い声を微笑ましく思いながら、手早く朝食のお味噌汁とごはんを用意した。あとは玉子焼きと納豆、お漬物。テーブルに用意していると、お父さんとくり子が洗面台から戻ってきた。

「いや〜。くり子の顔を洗ってやったら、びしょびしょにされたよ」

「おねいちゃん、おかお、あらったぁ！」

「お利口さんだったね。さ、朝ごはんを食べよう」

「おお。今日も美味しそうな朝食だ。くり子、おとーしゃんの隣で食べなさい」

「うん！」

「じゃあ、いただきましょう」

お父さんの隣に座らせてもらって、くり子はにこにことご機嫌な様子だ。

「いただきます！」

「いたーらきましゅ！」

くり子は嬉しそうな顔で玉子焼きを頬張り、お父さんは好物の納豆を念入りにまぜている。楽しそうに食事をとる父とくり子を見ていたら、なぜだか私まで笑顔になってくる。いつもの朝とは思えない、賑やかで騒々《そうぞう》しい朝食だった。

「お父さん、お昼のお弁当を用意しておいたからね。くり子と食べて。じゃあ私は学校へ行ってくるから」

「いってらっしゃい。気をつけてな」

あらかじめ用意しておいた登校用のリュックの口を開け、お弁当と水筒をしまい、立ち上がった時だった。

「おねいちゃん、どこいくのぉ？」

気づくと、くり子が足元まで来ていた。

「学校だよ」

「がっこう、ってなぁに？」

くり子は学校を知らないのだろうか？　えっと、どうやって説明しよう。

返答に困っていると、お父さんがくり子をさっと抱き上げた。

「おねいちゃんはな、おべんきょうしに行くんだ」

「おべんきょ？」

「そうだよ。おべんきょして、大人になるために学校へ行くんだ。だからくり子は、おとーしゃんと一緒に仲良くお留守番しような？」

「おるすばん、にゃの？　くり子もおねいちゃんといっしょ、したい……」

くり子が寂しそうに呟《つぶや》いた。その表情を見ていたら、なんだか私まで辛くなってしまった。

「杏菜、気にせず学校へ行きなさい。くり子のことは、俺がしっかり面倒をみるから」

「おねいちゃーん、くり子もいくぅ～。うぁーん」

ぐずり出すくり子を、お父さんが懸命にあやしている。

私は後ろ髪を引かれる思いで、くり子に背を向けて学校へと走り出した。

学校へ向かう間も、授業中も、気になるのは家のことだった。

くり子は今どうしているだろう？　うさぎのお弁当箱は気に入ってくれた？　全部

食べられたかな？

自分でも、なぜこんなに家のことが、そしてくり子のことが気になるのかわからない。つい先日会ったばかりの半妖の妹なのに。

「いもうと、か……。私、もう認めてるじゃない。妹って」

私の心はとっくに決まっていたのかもしれない。ただ少し、迷っていただけなんだ。

学校が終わると、友達の誘いも断り、一目散に家へ帰った。

「ただいま！　お父さん、くり子は大丈夫だった？」

乱れた呼吸を整えながら家の中に入ると、くり子は私の顔を見るなり、飛びついてきた。

「おねいちゃーん、おかえり、なしゃーい！」

くり子は嬉しくてたまらないといった様子で、私の制服に顔をこすりつけている。

「くり子、ただいま。いい子にしてた？」

「いいこ、ちてた！」

「くり子はいい子だもんね」

「うん！　くり子はいいこ、らもん！」

自分の頭に手を伸ばし、自らの手で「いい子、いい子」する姿が愛らしい。頭の後ろを撫でてあげると、くり子はにかっと笑った。

「おねいちゃんだぁ。おねいちゃんだ。うふふふ」

私の腕にからまり、楽しそうに笑っている。こんなにも私を慕ってくる子を、今更見捨てるなんて、できるわけない。

「お父さんと、もう一度話し合わないとね」

これからきっと忙しくなる。想像以上に大変だろう。けれどもう私の心に迷いはなかった。


その日の夜、くり子を寝かしつけると、お父さんとふたりで話をした。

「お父さん、もしも、もしもだよ？　私が嫌って言ったら、くり子を引き取ってくれるところはあるの？」

父は静かに首を左右に振った。

「ないと思う。仕事が休みのうちに、くり子の母親の野分さんの親族を探してみるけど、見つかるかどうかもわからん」

「じゃあ、くり子は私たちが見捨てたら、ひとりぼっちなの？」

お父さんは唇をきゅっと噛むと、黙って頷いた。

くり子は、消えてしまったというあやかしの母親を求めて泣いていた。くり子の寂しさと孤独は痛いほどわかる。だってそれは、私も同じだから。

くり子をひとりぼっちにしたくない。「ひとりじゃないよ。家族がいるよ」って伝えてあげたい。

「お父さん、くり子をこの家においてあげよう。どこまでできるかわからないけど、私も頑張って子守りするから。半妖の子でもなんでも、あんなに小さな子を見捨てたくない」

この決断が、今後何をもたらすのか、私にはわからない。でも後悔はしたくない。くり子の笑顔を守ってやりたいもの。

「杏菜、ありがとう。迷惑かけて申し訳ないけど、どうかよろしく頼む」

お父さんは私に深々と頭を下げた。

「頭なんて下げてないで、これからのことを考えよう、お父さん」

半妖の妹を、家族として守る。

守るということはきっと簡単なことではない。でも見捨てるなんて、もっと考えたくない。だから頑張ってみよう。お父さんと一緒に。私とくり子、お父さんの三人で生きてみよう。

こうして私たちは、半妖の妹を家族として迎え入れる決意をしたのだった。

第二章　新しい出会いがありました

私とお父さんは、しっかりと話し合った。

まず考えなくてはいけないのは、私が学校に行き、お父さんが仕事に行っている間、誰がくり子の世話をするか？　だった。

「あやかしの子でも受け入れてくれる保育園とか、あったらいいのにね」

「そうだなぁ……」

できるわけがないことは、私もお父さんもよくわかっていた。くり子を普通の保育園に預けたら、きっと大騒ぎだ。世間の人たちがどんな反応をするのか、考えたくもなかった。

「それなんだけどな。くり子の親族――つまりあやかしたちを探してみようかと思うんだ」

「あやかしの親族？　それって鬼の一族ってことだよね？」

「そうなるな。くり子の母親の野分さんが言ってたんだ。人が入り込めない場所に、自分の仲間が暮らしてるって。たしか、間《あわい》とか言ってたなぁ」

「あわい？　どこにあるんだろう、それ」

「わからん。だからまずは野分さんと出会った場所あたりに行ってみようと思うんだ」

「私も行く。すごく気になるし、お父さんとくり子だけだと心配だもの」

「くり子のことは俺がしっかり守るから心配するな」

「くり子以外の親族に会いに行くなら、私も行きたいの。だって私だけ会ったことないんだよ。くり子以外のあやかしに」

あやかしと言われても、私は半妖のくり子しか知らない。鬼の一族がどんな存在なのか知りたいって思う。くり子の親族ならなおのことだ。

「そうだよな……。じゃあ、今度の土曜日に三人で行くか？」

「うん！」

そう決めた時だった。

「うぁ～ん！」

くり子の泣き声が急に聞こえてきたのだ。

「くり子、泣いてる？　ちゃんと寝かせたのに」

「夜泣きかな……」

「夜泣きってなに？」

「寝てる子どもが夜中に急に泣き出すことだよ。多くは乳児なんだけど、幼児でもたまにあるって聞いたことがある。環境とかストレスとかいろいろ理由があるらしいけど」

「と、とにかく行ってみよう」

「そうだな」

慌ててくり子の寝床に行くと、くり子は手足をばたばたと動かしながら、大きな声で泣いていた。

「うぁぁーん！」

足を布団に叩きつけ、体を左右にごろごろと反転させながら泣く姿はちょっと異様で、しばらくどうしていいのかわからなかった。

先に動いたのはお父さんだ。

「くり子、おとーしゃんだぞぉ。怖い夢でも見たかぁ」

優しく声をかけ、体をさすってあげている。私もお父さんの真似をして、片方の腕を持ち上げ、撫でてみた。すすり泣きながら、くり子は目を開けた。私たちがいることを知ると、くり子はむくっと体を起こし飛びついてきた。

「おねいちゃーん、おとーしゃーん！」

ひっくひっくと声をあげながら、くり子は体をすり寄せる。

「どうしたの？」

角のある栗色の髪を撫でながら、できるだけ優しく聞いてみる。

「こあいのー。こあいー」

こあい？　どういう意味だろう？

「こあい、こあい……。ひょっとして、『怖い』かな？」

意味を推察すると、お父さんも頷いた。

「たぶん怖い夢でも見たんだろう。もしかしたら野分さんが……いや、やめておこう」

お父さんは慌てて手で口を押さえた。その言葉でなんとなくだけど、私もわかった気がした。

あやかしのお母さんのことを、くり子は夢で見たのかもしれない。詳しいことはまだわからないけれど、お母さんがいなくなってしまうのは幼児には辛いし、怖いことだ。

「おねいちゃーん、いっしょ、ねてー」

ぴっとりと体をくっつけながら、くり子は私をじっと見上げて甘えてくる。

うーん、私はどうもこの目に弱いんだよね。私たちとは少し違う灰色の瞳に吸い寄せられるようになって、お願い事はなんでも聞いてあげたくなってしまう。

「おねいちゃんが一緒に寝ればいいの？」

「うん！」

くり子はにこっと笑った。ようやく笑顔になった。

「くり子、おとーしゃんが一緒に寝てやろう。な？」

「やっ！　おねいちゃんがいーの！」

くり子はお父さんから、ぷいっと顔を背けてしまった。

「くり子、それはないだろぉ……？　これでもお父ちゃんなんだぞ？」

添い寝を断られたことがショックだったようで、父はがっくりとうなだれている。

少しかわいそうだけど、くり子が私を選んだことが、ちょっぴり誇らしかった。

「じゃあ、くり子。おねいちゃんとねんねしよっか?」

「うん、ねんねちよ!」

「わかったよ。おとーしゃんはあっちに行くよ……」

とぼとぼと去っていく父の背中を見送ると、くり子を抱くようにして布団に入り、共に横になった。

「おねいちゃんと、ねんねだぁ。うふふふ」

「ほらほら、笑ってたら寝られないでしょ」

「おねいちゃん、おはにゃし、ちてー」

「おはにゃし? ああ、お話ね。そうだなぁ、こんな話はどうかな。『むかしむかしあるところに、おじいさんとおばあさんが暮らしていました。ある日、おばあさんが川で洗濯をしていると、大きな大きな桃がどんぶらこ、どんぶらこ……』」

昔読んだ童話を思い出しながら聞かせてやっていると、くり子の目はすぐにとろんとしてきて、今にも寝てしまいそうになった。

「桃を食べようとすると、桃の中からすぽーん! と元気な赤ちゃんが飛び出てきました」

「しゅぽーん……」

「しゅぽーん」とささやきながら、くり子はこてんと寝てしまった。

「あらら、もう寝ちゃった。やっぱり眠かったんだ。ふふ、可愛い寝顔。あやかしの子だなんて信じられない」

すぅすぅと軽やかな寝息を立てながら眠るくり子はあどけなくて、見ているだけで心が和む気がした。

「私も寝よう。おやすみ、くり子」

くり子に布団をかけ直し、私も目を閉じた。愛らしい妹と共に朝までぐっすりと眠る……はずだった。

「いったぁあーい！」

左腕に鋭い痛みを感じ、真夜中だというのに大声で叫んでしまった。

「杏菜、どうしたぁ！　強盗か!?」

私の叫び声を聞きつけ、お父さんがすっ飛んできた。父が部屋の明かりをつける。その手には学生時代使っていたという野球のバッドが握られていた。

「何かに噛まれたの！　ほら、見て。血が出てるでしょ？」

「噛まれたって、おまえ。うちは噛むような動物なんて飼ってやしない……あっ」

「そうなのよ。犬も猫もいないし。うちにいるのは半妖のいもうと……あっ」

私もお父さんもようやく気づいた。確かにうちには噛みつくような動物はいない。いるのは、半妖の妹。栗色の髪に銀色の角、そして口元には幼児とは思えない、鋭い牙が……

「ごめんなしゃい、おねいちゃん……ごめなしゃーい。あーん！」

大きな声で泣き始めたくり子の口の中には、人間の子どもにはない牙が、きらりと光っていた。

「くり子、なの？　私の腕を噛んだのは」

「ああーん。ごめなしゃーい！」

ぴぃぴぃと泣きじゃくるくり子を見つめながら、私と父は無言で顔を見合わせた。

「あのね、おくちのなかが、むじゅむじゅ、するの……」

泣き続けるくり子をどうにかなだめ、できるだけ優しく事情を聞いた。くり子はすすり泣きながら、少しずつ話してくれた。

「お口の中が、むじゅむじゅ……。えっと、『口の中がむずむずする』ってことかな？」

言葉の意味を考えながら聞いてみると、くり子はこくりと頷いた。

「だから、おはにゃしの大きな桃をあーんして、かぷっとしたら、しゅっきりするかなって。ごめなしゃい……」

小さな体をさらに縮めるようにして、くり子はうなだれている。

「だめだ。俺にはくり子が何を伝えたいのか、さっぱりわからん」

お手上げだとでも言うように、お父さんは首を左右に振った。

「寝る前にくり子が、『お話しして』って言ったのよ。だから桃太郎の話を聞かせてあげたの。たぶんそれのことじゃないかな？」

「なるほど……。『大きな桃』ってのは桃太郎が生まれた桃のことか。それを夢の中でかぷっとかじりつこうとしたと。実際は桃じゃなくて、杏菜の腕にかぷっとしたわけだな」

「私の腕は桃じゃないし！　って、そもそも口の中がむずむずするって、どういうこと？」

「うーん。ひょっとして、くり子の牙のことじゃないかな。歯が生え始めた赤ん坊が口の中をやたらと気にするみたいに」

お父さんと話して、くり子がなぜ私の腕に噛みついたのか、ようやくわかってきた気がする。

「くり子、口の中がむず痒《がゆ》いってことよね。普通の赤ん坊でもあるってことなら、何か対策方法があるの？　お父さん」

「赤ん坊には歯がためを与えたりするけどな」

「歯がため？　何それ」

「赤ん坊がカミカミしても体に害のない素材で作られたものだよ」

「それって、くり子にも大丈夫そう？」

「あの牙だと瞬《また》く間に破壊されそうな気がするなぁ……」

「そうだとしても、いろいろ試してみようよ。添い寝のたびに噛まれてたら、体がいくつあっても足らないし」

「そうだな。明日にでもいくつか買ってくるよ」

私とお父さんがあれこれ相談してる間、くり子は口の中に指を入れながら、しょんぼりとしていた。

「おねいちゃん、ごめなしゃい……」

「もういいよ。なんで噛んだのか、だいたいわかったしね。とりあえず明日からは寝る前に何かカミカミしてみようか？」

「うん。かみかみ、しゅる！」


　翌日から私とお父さんは、くり子の歯がためになりそうなものを探すことになった。人間の赤ん坊用の歯がためを買って与えてみたけど、お父さんの言うとおり、すぐに噛み砕いてしまった。

　家の中にあるものだと、冷凍庫で作った氷がいいようだった。適度に噛み応えがあって、口の中を冷やしてくれるから。でもすぐに溶けてしまうし、たくさんあげると、お腹を壊してしまいそうだ。

「うーん。何がいいんだろう？　いっそ細めの丸太とか？　ハムスターのかじり木みたいに」

「幼女が丸太をガリガリやるのか？　なんだか漫画みたいな光景だな」

「この際そんなこと言ってられないでしょ」

歯がためを探す間も、夜は来る。

くり子はその晩は、お父さんと一緒に寝ることを選んだ。

「しょうがないなぁ。くり子はおとーしゃんのこと、大好きだもんなぁ」

幼い娘に甘えられ、情けないほど緩んだ顔をさらしながら、お父さんはくり子と共に寝室に向かった。デレデレの父の背中を見送りながら、何事もなく朝を迎えられますようにと祈ることしかできない。

「いってぇ！　くり子が俺の腹を噛んだぁ！」

真夜中につんざく、男の悲鳴。考えるまでもなく、お父さんの叫び声だ。

「くり子、お父さんのお腹が肉まんにでも見えたのかしら。お父さん、朝まで無事でいてね」

自分の布団の中で手を合わせて祈り、そしらぬ顔で眠りについた。

その後も何度かお父さんの叫び声が聞こえてきたけど、どうにか朝まで耐えたようだ。

「おはよ〜ぉ」

「おねいちゃん、おはよう、ごじゃーましゅ！」

すっきり爽快な笑顔を見せるくり子と、げっそりやつれた顔のお父さん。ふたりの姿は実に対照的で、思わず笑ってしまった。

「杏菜、笑い事じゃねぇぞ。添い寝のたびに体をがぶがぶやられてたら、俺たちの体は噛み痕《あと》だらけになっちまう」

「そうねぇ。何を与えてあげるのが一番いいのかな？」

あの手この手で、くり子の牙問題をどうにか解決しようとするも、どれも根本的な解決には至らなかった。その間もくり子に添い寝中、がぶっと体を噛まれ、私もお父さんも生傷が絶えない。

「いったーい！」

「いってぇえ！」

このままでは夜が来るのが怖くなってしまう。どうすればいいんだろう？

「これはきっと、歯がむず痒《がゆ》いだけの問題じゃないのかもしれん」

「あやかしのお母さんのこと、夢で見ちゃうのかな……」

「寂しいのかもなぁ」

「もっと遊んであげないとダメかな?」

そんな私とお父さんをくり子はじっと見つめていたけれど、やがて何かを決心したように口を開いた。

「おねいちゃん、おとーしゃん。かぷってして、ごめなしゃい。くり子、もうかぷってしないよう気をつけう。ごめなしゃい……」

小さな体を半分に折り曲げるように、くり子はぺこぺこと何度も頭を下げた。

「くり子、そんなに謝らなくてもいいのよ。わざとじゃないことは知ってるから」

「そうだぞ、くり子。かぷってやられると、ちょっとばかし痛いけど、おとーしゃんは平気だぞ」

私もお父さんも怒ってもいないし、責めてもいないことを懸命に伝えた。くり子は顔をあげて、にこっと笑った。

「おねいちゃん、おとーしゃん、ありあと」

笑みを見せたくり子の顔はいつもどおり可愛らしくて、私もお父さんも心が和んだのだった。くり子の笑顔に癒《いや》されていたからだろうか。私たちは気づいていなかった。私と父の体を傷つけていることで、くり子が小さな心を痛めていることに。

その日の夜は、私がくり子に添い寝することになった。

「おやすみ、くり子」

「おやしゅみなしゃい、おねいちゃん」

寝かしつけのお話をねだることもなく、くり子はこてんと寝てしまった。

「ふふ。今日はすぐに寝ちゃった。可愛い寝顔。おやすみ」

くり子の横で目を閉じた。どれくらい時間が経った時だろう。ふと気配に気づいて目が覚めた。暗がりの中で、くり子が私の腕を掴んでいるのが見えた。小さなお口をあーんと開け、くり子の牙がきらりと光る。

噛まれるっ！

牙が刺さる痛みを覚悟して、ぎゅっと目をつむった。

「あれ？　痛くない……」

おそるおそる目を開けると、くり子が口を開き牙を見せたまま、ぷるぷると震えていた。くり子の牙は私の腕の皮膚直前で止まった状態だ。それは噛みつきたい欲求を必死で抑えているように見えた。目にはうっすらと涙がにじみ、くり子がどれだけ自分の欲求と戦っているのかよくわかった。

「くり子……」

やがて我慢できなくなったのか、くり子は口を閉じるようにして、私の腕にそっと牙をあてた。今度こそ噛まれると思ったけれど、そうではなかった。

「噛まれてるのに、痛くない……」

くり子は確かに私の腕に噛みついていた。けれど、これまでとは様子が少し違う。くり子の牙は私を気遣うように優しく、噛みついているのだ。

「これって、甘噛みってやつ？」

聞いたことがある。動物の愛情表現のひとつとして、甘噛みというものがあることを。相手が痛くないよう、優しく噛むことだ。

くり子は牙で私を傷つけることなく、かぷかぷと噛んでいる。ちくりとわずかに痛みが走ることはあったけれど、これまでのように絶叫するほどの痛みではない。

くり子は自分の噛み癖のことでひとり悩み葛藤《かっとう》し、どうにか見つけ出したのだ。噛みつきたい欲求と私たちへの愛情表現を示す方法を。誰に頼るのでもなく、ひとりで解決してくれた。

「くり子、あなたって子は……」

小さな体のどこに、こんな優しさと強さがあるんだろう。まだまだ幼いと思っていたけど、日々成長してるんだ……

くり子はしばらくの間、甘噛みをくり返していたけれど、やがて満足したように微笑み、こてんと寝てしまった。気持ち良さそうに眠るくり子の髪を撫でながら、優しい心を持つ妹を幸せにしてあげたいと思った。

くり子はその後も添い寝のたびに、かぷかぷと甘噛みをしたけれど、私と父を流血させるほどではなかった。

「くり子がさ、寝てる間に俺の体を、かぷかぷしてくるんだよな。ちくちくするけど痛くない」

「甘噛みでしょう？　私にもしてくるわよ」

「杏菜にもか？　あれ、なんか可愛いよな。小さな動物みたいで」

幼い女の子を動物みたいって言うのはどうかと思うけど、可愛いというのは同感だった。

「くり子は私たちを傷つけない方法を自分で見つけたのよ」

昼間は私や父が用意した殻付きのくるみや堅いと評判の煎餅《せんべい》にかじりつき、牙のむずに痒《がゆ》さを自分で解消しようと頑張っている。

くり子は、いい子だ。そして頑張り屋。私の自慢の妹だ。

「いい子には、ご褒美をあげないとね。くり子、何か食べたいものある？」

「ごほーび？」

くり子が角が生えた頭をかくんと傾け、不思議そうな顔をしている。無邪気な仕草に微笑みながら、屈《かが》んでくり子と目線を合わせた。

「くり子は優しくていい子だから、そのご褒美だよ。何か食べたいものある？」

短い腕を組み、くり子はうーんと考え込んだ。それはお父さんがよくやる仕草で、その真似をしているのだと思うと、なんだかおかしかった。やがて何かを思いついたのか、にかっと笑った。

「はんばーぐ」

「ハンバーグね。ソースは何がいいかな。いつもはお父さんの好きなオニオンソースだけど、くり子は甘めのデミグラスソースがいいかな」

「くり子も、おにおんしょーすがいい！」

「はい、はい。オニオンソースね」

くり子の子守りをお父さんに任せて、買い出しと料理にとりかかる。

「まずはお麩《ふ》を砕いて牛乳に浸してっと」

すりおろした玉ねぎを耐熱容器に入れて電子レンジで加熱。玉ねぎの辛味を抜いたら、砂糖とめんつゆ、醤油を入れて、もう一度電子レンジで加熱。簡単だけどコクのあるオニオンソースができる。これはお母さんから教わった秘伝のソース。ちなみにお父さんは、数時間煮込んだ特製のソースと思っているらしい。電子レンジ様々《さまさま》だ。

「くり子、お父さん。晩ごはんできたよ」

「はーい」

今日はコーンスープとサラダ、デザートにリンゴも用意した。

「おお、杏菜お得意のハンバーグか。いいねぇ」

「あっ、うさちゃんのリンゴもあるぅ！」

「さぁ、食べましょう」

いつも作ってるハンバーグだけど、その日の食事はとりわけ賑やかで楽しい時間となった。

「おねいちゃん、はんばーぐ、おいちぃ！」

「いつもうまいけど、今日は特別に美味しいな。特にオニオンソースは絶品だな。何時間も煮込んで大変だったろう？　ありがとな」

ふたりの笑顔を見ていると、私まで嬉しくなってくる。こんなに楽しい夕食は久しぶりだ。

オニオンソースは電子レンジで簡単に作っているということは、お父さんにはヒミツにしておこう。

†

「おねいちゃん、あえ、なぁに？」

「あれはスーパーよ。おねいちゃんがいつも買い物に行くところ」

「おとーしゃん、お空のあえはなぁに？」

「あれはヘリコプターだ。飛行機とはまた違う乗り物だよ」

今日は土曜日。くり子の仲間のあやかしを探すため、三人でおでかけする日だ。

久しぶりの外に興奮したくり子は大はしゃぎで走り回り、あれこれ指差しては、なんなのか聞いてくる。

「あの顔を見ろよ。とびっきりの笑顔じゃないか。本当はもっと外に出してやりたいんだけどな」

喜ぶ娘を目を細めて見守る父親の顔も、とろけそうなほど嬉しそうだ。

「そうね。角があるとなかなか外に出してやれないもんね」

くり子を連れて外出するにあたって、困ったのはくり子の角をどうやってごまかすか？　だった。帽子だけだと不安だった私は、インターネットを駆使して、角を隠すためのお団子ヘアをセットしてあげた。ちょっと大きめだけど、うまく角を隠すことができた。栗色の髪にお団子ヘア、灰色の瞳のくり子は海外のお人形のようで、とても可愛かった。さらに深めの帽子をかぶり、目元を隠すようにした。あとは私やお父さんが近くにいれば、きっと大丈夫だろう。

「瞳の色に関しては、外国人の血が入ってるってことにすれば大丈夫よね。角や牙があるから、保育園や幼稚園みたいな集団生活は難しいと思うけど、少し外で遊ばせてあげるぐらい大丈夫じゃないかな？」

「そうだな。あんなに喜ぶなら、これからは少しずつ外に出してやろう」

今までは突然できた妹を受け入れるのに必死だったけれど、少し慣れた今後は外にも連れていってあげたい。今回はくり子の仲間を探すのが目的だけど、外に連れ出すいいきっかけとなったようだ。

「おねいちゃーん。あの家からくり子をみてるのがいうよ。あれ、なぁに？」

「あれは猫よ。可愛いね」

「猫しゃん！　かわいいねー」

「くり子、おねいちゃんやお父さんから、あまり離れたらダメよ」

「あーい！」

はじけるような笑顔を見せるくり子は、同じ年頃の幼児と変わらない気がした。

「ところでお父さん。くり子の仲間のあやかしを探す手がかりを求めて、野分さんと出会った場所に行くって言ってたけど、それってどこにあるの？」

「うーん。実をいうと、地名とか番地とか、具体的なことはよくわからないんだよなぁ」

「わからないって、どういうこと？　何度も通ったんでしょ？　当然場所を知ってるはずじゃない」

「確かに通ったんだけどさ。初めて野分さんの店に行った時も、実に不思議な話だったからさ」

それは、なんとも奇怪な話だった。

「仕事が少し早く終わった日のことだ。なんとなく寄り道をしたくなったから、その辺をぶらぶらしてたんだ。どっかにいい店ないかなーって思いながらな。そしたら、とある神社を通り過ぎたあたりで霧が出てきたんだ。最初は薄かった霧が、だんだんと濃くなって、自分が今どこにいるのかわからなくなってきた。このままじゃ帰り道がわからなくなるぞ、誰か助けてくれ！　って強く思った。そうしたら霧の中に、ぽつんと小さな店が見えてきて。すがるような思いで店の扉を開けたら、店主の野分さんが、『いらっしゃいませ』って笑顔で迎えてくれた。その姿を見たら、なんだかすごくほっとしたよ」

お父さんには楽しい思い出のようで、嬉しそうに話している。

私からしたら、狸《たぬき》か狐に化かされたんじゃないかと思う話だ。正確には狸《たぬき》や狐ではなく、鬼だったのだけれど。

「野分さんは優しい微笑みを浮かべながら、お席にどうぞってカウンター席を勧めてくれた。出してくれたビールや料理が実にうまくてさ。疲れた体と心に沁みる感じで最高だった。それに野分さんの優しい笑顔を見ていると、ついなんでも話したくなるんだ。それでうまい飯と酒、愚痴を聞いてもらうために店に通い始めたってわけだ。不思議なもんでさ、俺が野分さんの店に行きたい！　って強く思いながら歩いてると、だんだんと霧が出てきて視界が真っ白になる。かまわず進むと、野分さんの店に到着できるんだよ。だから今回もきっと俺が念じれば行けると思うんだ。野分さんとくり子の仲間のところに」

お父さんは妙に自信満々で語るけど、私にはとても信じられない話だった。あてもなく、ただ道を歩いていくつもりだってことだもの。

「ごめん、お父さん。そんな不確かな話だと思わなかった。まずはくり子の記憶とお父さんのかすかな思い出を頼りに探してみようよ。ねぇ、くり子。このあたりのこと、何か覚えてることない？　……って、あれ？　くり子は？」

「その辺をちょろちょろ歩いてただろ？」

確かについさっきまで、くり子は私たちのすぐ近くを楽しそうに歩いていた。でも今はいない。小さな妹の姿が、見当たらないのだ。

「お父さん、くり子、いないよ？」

「そんなはずは……。杏菜、ちょっとここで待ってろ。動くなよ」

くり子の名前を呼びながら、お父さんはあたりをぐるりと歩いていく。

「おーい、くり子！　おとうしゃんのところへおいで」

私も父に合わせて、妹の名を呼ぶ。

「くり子、おねいちゃんのところへ戻っておいで！」

しばし反応を待ったけれど、くり子からの返事はない。これまでなら、「あーい！」ってすぐに応えてくれたのに。

「お父さんが見つけてくれる、よね？」

私より背の高いお父さんなら、きっと簡単にくり子を見つけられる。そう思いたかった。

祈るような気持ちでお父さんが戻ってくるのを待つ。しばらくして、やや青い顔をしたお父さんが私のところへ帰ってきた。

「本当だ……。くり子がいない……」

ぞくりと、背筋に冷たいものが走る。

お父さんが言葉にしたことで、くり子が迷子になったのだと実感してしまったから。

「お父さん、私、くり子と手を繋《つな》いでなかった……。どうしよう？」

小さな手をしっかり掴んでいれば、こんなことにはならなかったのに。

「それはお父さんも一緒だ。あれぐらい小さな子は、思いもよらない行動をすることがあるって知ってたはずなのに。思い出話に、つい浸ってしまった」

くり子があまりに楽しそうだったから、私もお父さんも少しだけ自由にさせてあげたかった。それが幼児にとって、どれほど危険なことか考えもせずに。

「くり子、迷子になっちゃった。すぐに、すぐに捜さないと……」

元気いっぱいな幼児が好奇心のおもむくままに走り回ったら、どんなことが起きるのだろう。車が来ていることに気づかずに道路に飛び出したり、川や池などの水辺に近づいてしまうかもしれない。怖い人に連れ去られる可能性だってある。くり子はあんなにも愛らしい女の子だもの。

テレビで見た、幼児の事故や事件の情報が頭の中を駆け巡る。私もお父さんもわかっていたはずなのに、油断していた。

「お父さん、くり子が行方《ゆくえ》不明になったら、どうやって捜せばいいの？　警察？　警察署に行方《ゆくえ》がわからなくなったって届けるのは可能なの？　地域の人に捜索を協力してもらうことはできる？」

私の話を聞き、お父さんは青ざめた顔でゆっくり首を横に振った。

「普通の人間の子なら、警察に届けて捜してもらうことができるだろう。でも半妖のくり子は難しい気がする……。角があるのが特徴の幼女なんです、なんて正直に伝えたら警察は何をふざけているんだと思うだろう。何より、角があるくり子の姿を警察官に見られたら、不審者扱いされるか、未知の危険生物としてどこかの施設に隔離されてしまうかもしれない」

「そんな……。じゃあ、私とお父さんだけだよ。ふたりで捜し出せるの？」

お父さんは苦しそうに顔をゆがめた。

「迷子のくり子がもしも他の人に保護されたら。大泣きして帽子やお団子ヘアが崩れてしまうかもしれない。そうしたら、角がある姿を誰かに見られて……」

お父さんはそこで口をつぐんでしまった。

父が何を言いたいのか、私にもわかってしまった。

「角があるくり子の姿を誰かに見られて大騒ぎになってしまうかも？　そうしたらマスコミに晒《さら》されて、動画サイトで拡散されたりしちゃうの？　どうしよう、お父さん。くり子、もう私たちとは一緒に暮らせなくなるかもしれない」

最悪の事態が次々と頭の中に浮かんでくる。幼い女の子を、しかも半妖の幼女を家族として迎えるって、私やお父さんが思っていた以上に大変なことだったんだ。今になって気づくなんて遅すぎる。

いつしか私の体は、がくがくと震え始めていた。

「お父さん、怖い……。くり子はひとりぼっちで泣いてるかも」

小さなくり子が、悲しそうに泣いている姿が見える気がする。くり子の正体を誰かに知られて大騒ぎになったら、駆け寄って抱きしめてあげることもできなくなるかもしれない。

「くり子……」

視界が涙でにじんでいく。泣いたってどうにもならないのに。

震えながら泣き始めてしまった私の手を、お父さんがぎゅっと握りしめた。

「泣くな、杏菜。くり子にもしも何かあったら、お父さんの責任だ。半妖の娘を何がなんでも守るという覚悟が、俺に足りてなかったんだ。今はくり子を捜してくるから、杏菜はここにいてくれ」

うん、と返事をしようとした時だった。

白い霧がふわりと、私たちの足元を覆った。驚く私と父をこの場に縛りつけるように、あっという間に周囲が白い霧で満たされる。それは逃げ出す隙もない、一瞬のことで、私と父は身を寄せ合うことしかできなかった。

「この白い霧はなに？　くり子はどこなの？」

震え続ける私を守るように、お父さんが私の肩を支えてくれた。

「杏菜、大丈夫だ、落ち着け。この白い霧には見覚えがある」

「え？　どういうこと？」

「野分さんの店に行く時、現れた白い霧とよく似てるんだ。だからもしかしたら彼女が……」

ということは、いなくなってしまった野分さんが今になって来たってことなの？

お父さんには馴染みのある光景なのかもしれないけど、私には怖すぎるよ。白い霧がまるで意志を持って動いているみたいだもの。

「杏菜、あれを見ろ」

お父さんがとある場所を指差した。すると白い霧がふわりと舞い上がり、紺色の制服と制帽を被った男性がおぼろげに見えてきた。警察官だろうか？　迷子のくり子を連れてきてくれたのかもしれない。けれど何かがおかしい気もした。制服の男性は私たちに近づこうとはせず、遠くからこちらを用心深く観察しているように感じられたからだ。

父も同じことを思ったのだろう。私の肩を支えたまま、ゆっくりと口を開いた。

「あの、どちら様でしょう？　俺と娘に何かご用ですか？　何もないなら、通していただきたいのですが」

少し緊張した声で、お父さんは制服の男性に質問した。

「野々宮さん、ですね？」

制服の男性は、お父さんの問いかけに応える形で確認してきた。

「はい。野々宮山彦です」

お父さんの返答が霧の中にゆっくりと響いていく。

「野々宮さんには、くり子という名前の娘さんがいらっしゃいますか？」

制服の男性は、くり子のことを知っているみたいだ。保護してくれたのだろうか？

「はい。くり子は俺の娘です」

お父さんが答えると、制服姿の男性は霧の中から出ることなく話を続けた。

「くり子と名乗る、幼い女の子を保護しています。野々宮さんにお聞きしたいのは、娘さんの頭にある銀色の角です。これはなんでしょうか？」

くり子の角を見られてしまった！

行方《ゆくえ》がわからなくなった妹を見つけてくれたのは嬉しいけれど、銀色の角を見られてしまうなんて最悪だ。くり子が半妖の子だって、バレてしまったのかもしれない。

私をおねいちゃんと呼んで懐いてくる愛らしい女の子。くり子をようやく妹として受け入れることができたのに、こんなことになるなんて。

「野々宮さん？　返答がなければ、娘さんは、このまま我々がお預かりします。人間ではない謎の生命体であったり、感染性の危険な病だったりしたら大変ですので」

私とお父さんが何も言わずにいることを不審に思ったのだろうか。制服を着た男性は強い口調でそう言った。

「待ってください。娘を、くり子を連れていかないでください！」

慌ててお父さんが叫んだ。

「おっしゃるとおり、娘には頭に角があります。ですが、それだけです。あとは普通の女の子です。そして愛する娘なんです。事情なら俺がお話ししますから、くり子を返してください。長女の杏菜と次女のくり子。どちらも大切な娘なんです。幸せにしてやりたいんです」

父の言葉からは、何があっても私とくり子を守るという強い意志を感じた。

「お父さん……」

私の体の震えは止まっていた。お父さんの言葉が、私の心に勇気を与えてくれた気がする。

「父の言うとおりです。くり子は私たちの大切な家族なんです。今後は幼い妹から目を離したりしませんので、くり子をどうか返してください！」

霧の中におぼろげに浮かぶ、制服姿の男性に向かって必死に叫んだ。

今は怯えたり泣いたりしている場合じゃない。お父さんと一緒に、くり子を守らないと。だってあの子は私の……

「くり子は私の、たったひとりの妹なんです！」

決意を込めた私の叫びは、白い霧の中に吸い込まれるように消えていった。

「――あなた方の思い、確かにお聞きしました」

白い霧の中から聞こえてきたのは、これまで聞いていた男性の声ではない気がした。高めの声音は、おそらく女性のものだ。

どういうことなの？

不思議に思う私と父の前で、白い霧が再びふわりと舞い上がり、華奢《きゃしゃ》な人影が少しずつ浮かび上がっていく。

「まさか、野分さん……？」

「え？」

声を発したのは、お父さんだった。白い霧の中から現れた人を、じっと見つめている。父の声に応えるように、人影はゆっくりと私たちのほうへ向かってきた。霧が少しずつ晴れていき、姿がはっきりと見えてくる。

人影は女性だった。制服姿の男性ではない。長い黒髪と切れ長の目を持つ美しい女性。艶《つや》やかな黒髪の上には、二本の白い角が生えていた。角がある以外は、人間の女性と変わったところはなく、それがかえって不気味な気がした。彼女がまとう空気も冷たく感じられる。

「あの人が、くり子のお母さん……？」

白い角がある女性は、幼い女の子と並んで立っていた。

「くり子！」

女性が連れていたのは、くり子だった。きょとんとした表情で、白い角の女性と手を繋《つな》いで立っている。

母親である野分さんが、今になってくり子を引きとりに来たのだろうか？

「ちゃうよ！　おねいちゃん。このひとは、くり子のおかーしゃんやないよぉ！」

元気いっぱいに叫んだのは、くり子だった。驚く私たちの前でにこっと笑ったかと思うと、私とお父さんのほうへ駆け寄ってきた。

「くり子！」

勢いよく飛び込んできた妹を、私とお父さんはしっかりと受け止める。

「うふふ。くり子はここにいうよぉ。おとーしゃん、おねいちゃん」

無事にくり子に会うことができて、本当に良かった。ああ、また涙が出てきちゃう。あのまま会えなかったらと思うと、怖くてたまらなかったもの。

「ごめんな、くり子。おまえとしっかり手を繋《つな》いでおくべきだった」

「おねいちゃんもだよ。ごめんね、くり子」

幼児を連れて歩くなら、危険がないように考えるべきだった。私もお父さんも、もっと気をつけなくてはいけない。

「ちあうよぉ。わるいのは、くり子だもん。ひとりでぴゅうんって、ひこーきみたいに行っちゃったの。だから、くり子がいけにゃいの。ごめんなちゃい。おとーしゃん、おねいちゃん」

くり子はぺこりと頭を下げた。妹も反省しているらしい。

「これからは家族として、もっとしっかり支え合っていこうな」

お父さんの呼びかけに、私とくり子も頷いた。

「くり子を連れてきてくれてありがとうございます。ところで、あなたはどなたでしょう？」

私とくり子を守るように、お父さんが一歩前に歩み出る。私もくり子をしっかりと抱きしめた。

くり子を私たちのところへ連れてきてくれた人は何者なんだろう？

白い角がある女性は、静かに私たちを見つめている。角があるから人間ではないことはわかる。

「野々宮山彦様と野々宮杏菜様ですね？　はじめまして。わたくしは小夜《さよ》と申します。くり子の母である野分の妹です。くり子の叔母になりますね」

鈴が鳴るような、快い声だった。

白い角がある美しい女性は、くり子の叔母だという。

「くり子のおばさま？　お父さん、知ってた？」

「いや、知らない。初めて聞いた」

小夜と名乗った女性は、にこりと微笑んだ。

「ご存じないのも無理はありません。姉の野分は、我々の一族から離れて暮らしていましたから。私も姉とはしばらく会っていませんでした」

そうだったんだ。

でも野分さんはなぜ、仲間と離れて暮らしていたんだろう？

「姉は昔から人間に憧れていました。人にはなれないと知っていても、人の世界に少しでも接していたかったようですね。ですから、間《あわい》に迷い込む人間をもてなす居酒屋を営んでいました」

小夜さんは私を見て、優しく微笑んだ。まるで私の心を見透かしたみたいだ。

「はじめまして、小夜さん。俺はくり子の父親です。小夜さん、教えてください。野分さんは、くり子の母親はどこへ行ってしまったのですか？　まさか本当にこの世から消えてしまったのですか？」

お父さんが小夜さんに質問した。お父さんはずっと野分さんの消息を心配していたのだろう。

「我々にもわからないのです。申し訳ありません」

小夜さんは静かに頭を下げた。その丁寧な仕草は、嘘をついているようには見えなかった。

「そうですか。妹さんにもわからないのですか……」

お父さんは、うなだれてしまった。野分さんが今も無事だと信じたいのだと思う。

「実は姉の野分から手紙で、娘のくり子とその家族を助けてあげてほしい、と頼まれました。ですがわたくしは、くり子のお父様とお姉様に一度もお会いしたことがありません。ですから今日は、わたくしの能力を使って、あなた方をここへ呼び寄せました。先程の制服を着た男性は、わたくしが造り出した幻影です。驚かせて申し訳ありませんでした。くり子と引き離したうえで、あなた方を試したかったのです」

小夜さんは穏やかに微笑みながら説明してくれた。さらりと話しているけれど、とても怖いことを言っている気がする。

「姪のくり子を家族として大切に思っているのはよくわかりました。ありがとうございます。けれど半妖の幼女が、人間の世界で暮らすのは難しいと、先程の幻影でよくおわかりになったと思います。くり子の身の安全を考えれば、姪はあなた方よりも我々鬼の一族が引きとるべきかと思うのですが、いかがでしょう？」

女神さまのような微笑を浮かべ、小夜さんは驚きの言葉を発した。

鬼の一族が、くり子を引きとる？

初めて会った人からの突然の申し入れに、私も父もしばらく声を発することができなかった。ただ、ひたすら小夜さんを見つめる。

神秘的な美しい容姿を持つ小夜さんには、なぜか逆らえない気がした。どうにか反論したいのに、迫力にのまれて言葉が出ない。

何か、何か言わないと……！

妹を抱く腕に力を込め、思いを伝えようと必死で口を開いた時だった。

「いやっ！　くり子は、おねいちゃんと、おとーしゃんといっしょに、いうの！」

腕の中にいるくり子が、大きな声で叫んだのだ。その声は、私とお父さんの心と体の硬直を解いてしまうほど力強いものだった。くり子の声と意志が、私と父に勇気を与えてくれる。

「小夜さんが言うように、くり子は半妖の女の子です。でも妹なんです。私とお父さんにとって、大切な家族なんです。家族として暮らしたいんです！」

くり子を抱きしめながら、小夜さんに向かって夢中で叫んだ。

「杏菜の言うとおりです！　俺はくり子を自分の娘として、責任をもって育てたい。半妖の娘を守るという覚悟が足りていなかったことは反省しています。今後より一層気を付けていきますから、どうか娘ふたりと共に生きさせてください。大切な人を、もう誰も失いたくないんです！」

くり子を抱く私をかばうように立つ父も、私に負けじと叫んだ。

小夜さんは無言で私たちを見つめている。その視線だけで、私とお父さんの心なんて簡単に見抜いてしまいそうだった。

しばらくして、小夜さんは優雅に微笑み、静かにおじきをした。

「鬼の子でもあるくり子を、家族と言ってくださるのですね。きっと姉も喜んでいることでしょう。ありがとうございます。野分の妹としても、嬉しく思います」

優しく微笑みながら話す小夜さんからは、先程までの威圧感は感じられなかった。

「姪のくり子も、あなた方家族と共に暮らすことを望んでいます。姉の野分の頼みは、くり子の家族を助けること。姪の願いと幸せを引き裂くようなことはできません。どうかわたくしに、あなた方の手助けをさせてくださいませ」

小夜さんは深々と頭を下げた。丁寧で礼儀正しい姿だった。もう私たちを試しているようには思えなかったけれど、すぐに信じていいのかはわからない。

「お父さん、どうする？　小夜さんが協力してくれれば、すごく助かるけど……」

父にささやきかける。

「そうだなぁ。悪い人、いや、悪いあやかしには思えないけど、ついさっき会ったばかりだしなぁ」

私もお父さんも、すぐに答えを出せなくて迷っていると、腕の中のくり子が再び叫んだ。

「だいじょうぶ、らよ！　あの人、こわい人やないもん」

無邪気に笑うくり子に、私と父の迷いも吹き飛んでいく気がした。くり子が大丈夫と言うなら、小夜さんを信じてみてもいいのかもしれない。

私とお父さんは目を合わせ、無言で頷き合うと、小夜さんに顔を向けた。

「小夜さん、それではまず俺たちの話を聞いてくれますか？」

父が力強く話し始めた。それは私たち娘を守ろうとする、父親の姿そのものに感じられた。

「はい。お伺いいたします」

嬉しそうに笑みを見せた小夜さんの表情は、少しだけくり子に似ている気がした。

お父さんは小夜さんに、これまでの経緯を説明した。そして、くり子の成長についての疑問や今後の対応の方法、さらに私とお父さんがいない昼の時間、くり子を預かってくれる人を探していると伝えた。軽く頷きながら、小夜さんは真摯な眼差しで父の話を聞いてくれた。

「わかりました。わたくしが野々宮家に参りましょう。山彦さんがお仕事に、杏菜さんが学校に行かれている間、この小夜がくり子の子守りをいたします。朝はお忙しいでしょうし、わたくしから野々宮家にお伺いしたほうが良いと思うのです。くり子の叔母ではなく、子守りのためのお手伝いさんか、ハウスメイドと思ってくださいませ。お許しがなければ、お家のものを勝手にさわったりしませんので、ご安心ください」

願ってもない申し出だった。平日の朝、我が家に小夜さんが来てくれれば、くり子を家の外に出す必要はなく、誰かに見られる危険性もなくなる。

けれど今日初めて会ったばかりのあやかしを、家の中に入れてもいいのだろうか？

「お父さん、どうする？」

父は腕を組み、しばし考え込んでから話し始めた。

「小夜さんのことはくり子も信頼しているようだし、まずは彼女を信じてみよう。実際のところ、それしか手段はないからな。幸い、俺もまだ有給休暇があるし、その間、小夜さんが信頼に値する人かどうか判断していこうと思う」

お父さんにしては、賢明な判断だと思った。父の言うとおり、小夜さんを頼るしか方法はないと思うから。

「お父さんが言うなら、そうしてみよう。くり子もそれでいい？」

抱きしめているくり子を見下ろすと、妹は眠そうに目をこすっていた。

「くり子、眠いの？」

「くり子、ちゅかれた……。お家にかえろう？」

くり子にとっても初めてのことだらけだったのだろう。疲れて当然だ。

「お父さん、くり子眠いって。一度家に帰ろう」

「そうだな。小夜さんにも一度家に来てもらおう。くり子を寝かせている間に、詳しい話を聞けばいいと思うし」

「そうね、そうしましょう」

お父さんから小夜さんに話すと、彼女も受け入れてくれた。

「それではまず、間《あわい》から出ましょう。しばしお待ちくださいませ」

小夜さんは白くて細い両の手をあげると、両手のひらを叩きつけた。

ぱん！　と心地よい音が響き、周囲に残る白い霧が一斉に消えた。もうそこは異界ではなく、私たちがよく知っている人間が住む世界だった。

「お待たせいたしました。ここからは歩いて参りましょう」

小夜さんはにっこりと笑顔を見せてくれた。

†

「お父さん、お布団敷いたよ。くり子を早く寝かせてあげて」

「おお、ありがとうな。よいしょっと」

お父さんが抱いていたくり子を布団に寝かせると、くり子はころんと横になった。むにゃむにゃと口を動かしながら、うふふと笑っている。なんの夢を見ているのやら。

「私は小夜さんのところへ行くね。待たせておくのも悪いし」

「ああ。くり子は俺が見てる」

小夜さんの手助けもあって、私たちはすぐに家に帰ることができた。まずは寝てしまったくり子を布団で休ませてあげたかった。

その間、小夜さんは玄関で立ったまま待っていてくれた。

「お待たせしてごめんなさい。小夜さん、どうぞ上がってください」

「お邪魔いたします」

玄関で靴を脱いだ小夜さんは、きちんと靴を揃えてから家の中へそっと足を踏み入れる。彼女の立ち居振る舞いは美しい。

小夜さんを居間まで案内すると、お父さんを呼び、お茶の用意を始める。

「杏菜さん、どうぞおかまいなく。わたくしはお手伝いに来るのであって、お客様ではありませんから」

鈴が鳴るような声で、はっきりと発言する小夜さんは、自分の意志をしっかり持った女性なのかもしれない。

「くり子は眠りましたか？」

小夜さんが微笑みながら聞くと、お父さんはなぜか照れた顔になり、へへっと笑いながら答えた。

「ええ。おかげさまでぐっすりです」

「そうですか。良かったです。ではその間に、こみいったお話もできそうですね」

小夜さんは、くり子の母親の野分さんによく似ているらしい。だからお父さんは照れているのかもしれない。

白い霧の中で私たち娘を守るために、キリッとしていたお父さんはどこに行ってしまったのかな。「お父さん、かっこいい」って思ったこと、絶対に言ってあげないんだからね。

私がにらんでいることに気づいたのか、お父さんは軽く咳ばらいをして、きりりとした顔になった。

「それでは小夜さん。いくつか質問したいのですが」

「はい、どうぞ」

「くり子の銀色の角と牙についてですが。小夜さんの角は……あれれ、角がない？」

「え、嘘。いつなくなったの？」

お父さんに言われて気づいた。小夜さんの頭にあった二本の白い角が消えている。白い霧の中では、はっきり見えていたのに。彼女の立ち居振る舞いが自然で美しかったので、ついそこばかり注目してしまっていた。

小夜さんは軽く笑い声をあげ、自らの頭をさらりと撫でつけた。

「人間の世界に来ましたから、念のため角は隠しました。我々、『銀の鬼』の一族は大人になると、角や牙を自在に操《あやつ》ることができるようになります。時に人間に擬態《ぎたい》する必要があるからです。妖力を発揮する時は角が出ますが、普段は使いませんからね」

大人の鬼は、自分の角や牙を自在に出したり引っ込めたりできるらしい。角や牙がなければ、人間と変わらない見た目になるわけだ。

「は～なるほど。だから野分さんも、出会った時には角や牙がなかったんですね」

お父さんが感心したような声を発する。

「ええ。角がある女性を見たら、人間は驚いて逃げていくか、大声で叫びますからね」

鬼たちが角や牙を隠すのは、生きていくための手段なのかもしれない。

「それではくり子も、角や牙が自在に操《あやつ》れるようになるわけですね」

「ええ、おそらくは。成長の速度は個体によって違いますから、具体的にいつと申し上げられませんが」

小夜さんの話に、私もお父さんもほっと胸を撫でおろした。角や牙が見えなくなれば、くり子も人間として暮らすことができるかもしれない。

「今すぐは無理でも、くり子も小学校ぐらいは通えるようになるかもね、お父さん」

「そうだな。そうしたら同じ年頃の友だちもできるだろうし。ああっ、でもくり子には、戸籍がない……」

「え、なんでないの？」

「そりゃあ、杏菜。野分さんはあやかしだったから、人間の戸籍なんてないだろ。くり子も当然ないと思う。彼女がこの家に来てくれたら改めて相談しようと思っていたんだけど」

「戸籍がないと、小学校には通えないの？」

「どうだろう？　戸籍はくり子が俺の娘という証明でもあるから、どうにか欲しいなぁ」

考えたこともなかった。くり子が野々宮家の娘としての戸籍がないと、私の妹ってことにもならないんだ。

「戸籍については、わたくしの力でどうにかしておきます。まずは『養女』という形でよろしいでしょうか？　母である野分の戸籍も用意していると時間がかかりそうですし」

微笑みながら、小夜さんはさらりとそう言った。

鬼って、人間の戸籍を操《あやつ》ることもできてしまうの……？

「そ、そんなことが、できるんですか？」

お父さんも驚いたようで、声がうわずっている。小夜さんは少し困ったような表情を見せた。

「驚かせて申し訳ありません。先程もお伝えしましたように、時に人間に擬態《ぎたい》する必要がありましたから、戸籍もある程度なら操作できるのです。具体的な方法はお伝えできませんが。操作といっても、それを悪用することはありませんのでご安心ください。人間に擬態《ぎたい》することはあっても、悪用してはならぬというのが我々一族の掟《おきて》でもありますから」

「ははぁ。なるほど。すごいですね、その『銀の鬼』の一族ってのは」

小夜さんの言葉遣いは丁寧だけれど、余計なことは詮索してくれるな、と言っているようにも思えた。

銀の鬼の一族って、すごいというか、ちょっと怖い気もする……。

その時ふと、あることが気になった。

「あの、小夜さん。ちょっと聞いてもいいですか？」

「はい、なんでしょう？」

小夜さんの視線がお父さんから、私のほうへ向けられる。切れ長の目で見つめられると、ドキッとしてしまうのは彼女が美しいからだろうか？

「なぜ、『銀の鬼』の一族なんですか？　ひょっとしてくり子の銀色の角と何か関係があるのでしょうか？　小夜さんは白い角でしたよね？」

そこまで話した時、小夜さんの顔から柔和な微笑みが消えた。鋭い視線を私に向けてくる。

なんだろう？　いけないことでも聞いてしまったのだろうか。

「あ、あの。話せないことなら、無理に答えていただかなくても……」

しどろもどろになりながら、慌てて質問を取り消そうとした。

しばし私を見つめていた小夜さんだったけれど、やがて静かに微笑んだ。

「ごめんなさい。少し驚いてしまったもので。杏菜さんはお若いのに、鋭い観察力をお持ちですね」

ひょっとして、ほめられたのだろうか。ちょっとわからないけれど、小夜さんは怒ったわけではないみたいで安心した。

「順にお話しするつもりでしたが、杏菜さんからご質問がありましたので、先にお伝えしましょう」

小夜さんは軽く咳ばらいをして一呼吸おいてから、ゆっくり話し始めた。

「我々一族が、『銀の鬼』と呼ばれていたのは、銀色の角を持っていたからです。けれど、それは昔の話です。今は銀の角を持つ子どもは生まれなくなりました。くり子は我ら一族にとっても貴重な存在なのです」

小夜さんの話は、くり子と私たち家族の運命を左右する重大な内容だった。

「くり子が貴重な存在？　銀の角を持つ鬼って、そんなにすごい存在なんですか？」

びっくりした私は、つい聞いてしまった。くり子には角と牙があるだけで、あとは普通の幼女だと思っていたもの。

お父さんも驚いたようで、目を見開いている。

「我ら、『銀の鬼』はその名のとおり銀の角を有する、強い力を持つ一族でした。その力はあやかしの世界だけでなく、人間の世界にも影響を及ぼすほどだったそうです。けれど時が経つにつれて銀の角を持つ鬼はいなくなり、かつてほどの力もなくなりました。今は間《あわい》の里で、ひっそり暮らしております。人間に擬態《ぎたい》するのは、時に人間の世界に来て働き、稼ぎを得るためでした。童話のように財宝を強奪しようものなら、我ら一族は追われる身になってしまいますからね」

小夜さんの言うとおり、現代で鬼が強盗まがいのことをすれば大騒ぎになるだろう。

ひっそりと静かに暮らしていくことはできなくなる気がした。

「銀の角を持つ子は、もう生まれてこないものと思っておりました。しかしまさか、人との間に生まれたくり子が、銀の角を持って生まれてくるとは。我らは驚きました。姉の野分も衝撃を受けたことでしょう。姉は人間に憧れ、人間になりたいと申しておりました。少しでも人間に近づきたくて、山彦さんと恋仲になったのに、その娘が古来の鬼の姿を有していたのですから……」

話しながら、小夜さんは少し辛そうだった。お姉さんである野分さんの心中を思い、心を痛めているのだろう。

野分さんは人間になりたいと願い、お父さんに出会って恋をした。自分の子が人間らしい姿で生まれてくることを期待していたのかもしれない。それなのに生まれてきたくり子は鬼本来の、それどころか言い伝えにあるような姿だった。彼女はこの世に絶望してしまったのかもしれない。

「あ、あの。野分さんが姿を消したのは、くり子のことが、その、嫌になって……とか？」

小夜さんには辛いことだと思うけど、聞かずにはいられなかった。しばし無言だった小夜さんが、静かに頷こうとしたように思えた、その時――

「それはない。絶対にない！」

急に大きな声で叫んだのはお父さんだった。

「杏菜、前にも話したけど、野分さんは優しい人だったんだ。死んださくらの思い出や杏菜の子どもの頃の話も、娘への接し方の悩みなんかも全部聞いてくれた。杏菜のことも、『優しくていい娘さんですね』って言ってくれたんだよ。だからこそ杏菜の母親として、野分さんをこの家に迎え入れたいと思ったんだ。まさか正体があやかしだったとは思わなかったけど、野分さんに出会って良かったと思ってる。彼女を好きになったことも、くり子を授かったことも後悔してない。あんなに優しくていい人が、自分の娘が理想の姿ではなかったからといって、見捨てたりなんかしない、絶対に。俺は彼女を信じてる」

猛然とした抗議だった。妻にと願った女性と娘を信じ、守りたいと思う、ひとりの男の姿がそこにあった。

お父さんにこんな一面があったなんて。いつもはお調子者って感じだけど、本当はいろんな思いを抱えているのかもしれない。娘である私に見せていないだけで……

「野分さんのことを詳しく知らないのに、勝手な憶測で言うべきことじゃなかった。ごめんね、お父さん。くり子を育てたお母さんだもんね。私も野分さんを信じたいと思う」

父が心の内をさらけ出してくれたのだから、私もきちんと思いを伝えたい。

「いや、俺こそすまん。大声を出したりして。小夜さんも驚かれたでしょう？　本当に申し訳ない」

小夜さんに視線を向けると、少々面食らった表情をしていたけれど、やがて穏やかに微笑んだ。

「姉の野分のことを信じていただきありがとうございます。人間はあやかしのことを嫌悪していると、わたくしも勝手に思い込んでいたように思います。山彦さんの言葉で目が覚めた気がいたします」

「いえ、そんな。ただその、人間だからとか、あやかしだからってことだけで、思いや可能性を決めつけたくないんです。杏菜やくり子を育てていくためにも」

「そのお言葉を聞いただけでも、ここに来た甲斐がありました。これからどうぞよろしくお願いいたします」

小夜さんは両手を揃え、腰を折るように深々とおじぎをした。その姿を見た私とお父さんも、慌てて頭を下げる。

「こりゃどうも、ご丁寧に」

「小夜さん、これからどうかよろしくお願いします」

きちんとしていて、礼儀正しい人だ、小夜さんって。こんな人なら、くり子をお願いできるかもしれない。

「ではまずはお試しということで、早速明日からお手伝いに参りたいと思います。くり子にもわたくしに慣れてもらわないといけませんし」

「はい。よろしくお願いします」

明日からのことを細かく相談すると、小夜さんは再び私たちに丁寧に頭を下げ、その日は間《あわい》へと帰っていった。

小夜さんを見送ると、父の顔をちらりと見た。

「ん？　なんだ、杏菜。俺の顔に何かついてるか？」

「今日のお父さんは、ちょっとだけかっこよかったかな？　って」

「杏菜が俺をほめた？　へぇぇ。珍しいこともあるもんだ」

「まぁ、たまには私もね」

「じゃあついでだから、俺からも言っておくよ。いつも家のことをやってくれてありがとう。杏菜がいてくれたから、俺も頑張って生きていこうって思えたんだ。俺にとって杏菜は自慢の娘だよ。もちろん、くり子もな」

「うわぁぁ。お父さんが私をほめるなんて。明日はきっと雪でも降るわ」

「おいおい。なんでそうなるんだよ？」

「だって、へらへら笑ったお父さんの顔しか知らないもん」

「ひでぇなぁ。娘に少しでも明るく接したかっただけなのに」

「そうだねぇ。超つまらない親父ギャグとかよく言ってたもんね」

「うわぉ。そんなふうに思ってたのかよ。傷つくなぁ」

「お父さんの思いは、なんとなくわかっていたけどね」

くり子が我が家に来る前、お父さんとは必要最低限のことしか話さなかった。父親で男だし、どうせ私のことなんてわかってくれないって、思い込んでいた。でもそうではなかったのかもしれない。

くり子が我が家に来たことで、お父さんと話す時間も増えたように思う。父と娘としての関係も、以前より少しだけ良くなったような気がする。

　お父さんが野分さんを信じると言ったように、まずは誰かを信じることから始まる気がした。時に報われないこともあるけれど、信じることをやめてしまったら、信頼関係も生まれないものね。

「小夜さん、いい人みたいで良かったね。くり子も懐いてくれるといいな」

「そうだなぁ。これできっといい方向へ向かうよ」

　にかっと笑ったお父さんの笑顔は、くり子の無邪気な顔に似ている気がした。

†

　翌日から、小夜さんはお手伝いに来てくれるようになった。

「改めてご挨拶させてね、くり子。わたくしは小夜です。あなたのお母様の妹よ。くり子のおばさまになるわね。これからよろしくね」

「おばしゃま……？」

　小夜さんを不思議そうに見つめるくり子は、頭をかくんと傾けている。悪い人ではないことは本能的にわかっていても、自分にとってどんな関係の人なのか理解できていなかったようだ。

「くり子、おとーしゃんとおねいちゃんがいない間、小夜おばさまにくり子の世話をお願いしたからな」

「お昼はおねいちゃん特製のお弁当を用意しておくからね」

「おべんちょ……くり子のおべんちょ？　おねいちゃんが作うの？　わーい！」

お弁当に大喜びするくり子を、私とお父さんは微笑ましく見守った。

小夜さんにお願いしたいのは、私が学校に、お父さんが仕事に行っている平日昼間の子守りだ。小夜さんに来てもらう時間帯も、そこに合わせてもらうことにした。

朝のうちに私とお父さんのお弁当を作り、さらにくり子と小夜さんのお弁当も用意する。

小夜さんのお昼については、彼女は遠慮したけれど、私の希望で用意させてもらうことにした。本来なら小夜さんにくり子の保育料を支払うべきなのだ。けれど、小夜さんはくり子は自分の姪だし、姉の野分に頼まれたからと頑《がん》として保育料の受けとりを拒否した。だから小夜さんの分のお弁当は、せめてもの謝礼のつもりだ。

朝はくり子のお世話をし、洗濯物干しやゴミ出しだとかは、父が担当する。お父さんと相談して決めたことだ。

「あとはくり子が小夜さんに懐いてくれるかどうかだよね……」

なんて心配していたけれど、それはまったくの杞憂《きゆう》だった。

くり子はすぐ小夜さんに慣れ、懐いた。

「小夜おばしゃーん」と呼んでは、素直に甘えている。

くり子のお母さんである野分さんに、小夜さんはよく似ているそうだから、当然といえば当然なんだけど。

くり子が小夜さんに懐いて嬉しいはずなのに。うーん、なんだかちょっと複雑な気分。

「あのね、あのね、おねいちゃん。小夜おばしゃんがね」

私が学校から帰ってくると、その日小夜さんと遊んだことを、くり子は楽しそうに報告してくれる。

「良かったね。くり子は今日も楽しかったんだ」

「うん！」

「そっか。くり子は小夜おばさまのこと、大好きだもんね」

「うん、しゅき！」

ひょっとして、おねいちゃんよりも小夜おばさんが好き？　って聞こうとして、慌てて口をつぐんだ。

まるで小夜さんに嫉妬しているみたい。

くり子のお世話を一番しているのは、小夜さんじゃなくて、私なのに。なんで小夜さんにべったり甘えてるの？　って思ってしまう自分がいた。

私って、こんなに心が狭かったっけ？

なんだか自分が醜《みにく》い生き物に思えて悲しかった。

見苦しい感情を手放したくて、ぶんぶんと首を振ると、無理して笑みを浮かべた。

「くり子、明日は祝日で学校もお休みだし、お父さんが帰ってきたら三人で遊ぼうか？」

「おねいちゃん、おとーしゃんと、あそべうの？　わーい！」

くり子はばんざいをしながら跳びはね、無邪気に喜んでいる。私やお父さんと遊べると聞いただけでこんなにも嬉しそうなら、一度公園に連れていきたい。小夜さんに相談してみようかな？

私の周りをぴょんぴょん跳びはねていたくり子が急にひしと抱きついてきた。

「あのね、あのね！　くり子、おねいちゃんが、一番しゅきっ！」

「くり子……」

くり子は満面の笑みで、私を見上げる。その顔の可愛らしいことといったら。

「そっか。くり子はおねいちゃんのことも、大好きだもんね」

「うん！　おねいちゃん、だいしゅき！　しゅき、しゅき！」

「もう。この子はお調子者なんだから」

自分の心の狭さに少し落ち込んでいた私の気持ちを察したのかもしれない。くり子の笑顔は、私のやましい感情なんてどこかに吹き飛ばしてくれる気がする。私にとっては天使の微笑みだ。半妖で、鬼の子なのに、天使なんておかしいかもしれない。でも私にとっては幸福をもたらしてくれる天使だって思う。

「ついでに今日はお外でごはんでも食べようか？　角はお団子ヘアで隠して、個室のお店にしたら、くり子でも大丈夫だと思うんだ」

「ほんと？」

「うん。お父さんや小夜さんに相談しないといけないけどね」

「わーい！　いくっ！」

くり子の笑顔が見られるなら、くり子が「おねいちゃん、大好き」って言ってくれるなら、きっとなんでもできる。うさぎのように跳びはねる幼い妹を見つめながら、心の中で思った。


小夜さんに夜の公園にくり子を遊びに連れていってあげたいとスマホで相談すると、すぐに返信があった。小夜さんはスマホなど人間がよく使う道具も上手に使いこなしている。

『それではわたくしが、少し離れたところから見守ることにしましょう』

『そんなの申し訳ないです。小夜さんも、一緒に行きましょうよ』

『たまにはご家族だけで楽しい時間をお過ごしください。万が一を考えて見守ることにしますが、わたくしはいないものと思ってくださいね。それでは』

小夜さんはくり子の子守りだけでなく、その身に危険がないかどうかも常に気にしてくれている。そのうえで、私とお父さんの負担にならないように、気を遣ってくれているのだ。本当にいい人だ。そして大人の女性。くり子が懐くのも当然だって思う。

「私も小夜さんぐらい、しっかりした女性になりたいな」

小夜さんに比べれば私はまだまだ子どもで、未熟で頼りない。毎日子守りや家事をやっているから同級生より少しだけ大人のように思っていたけど、そんなことなかった。小夜さんのように、大切な人をきちんと守ってあげられる大人になりたい。お父さんだって、くり子と私を守るという思いはすごく強いもの。

「おねいちゃん、小夜おばしゃまにないたいの？」

私の呟《つぶや》きを聞いたのか、くり子が不思議そうに聞いてきた。

「おねいちゃんは、おねいちゃんだもん！　おばしゃまになったら、らめぇ」

どうやらくり子は、小夜おばさんがふたりになると思っているらしい。幼児らしい無邪気な思考に笑いながら、角があるくり子の頭を撫でた。

「違うよ。小夜さんみたいな、しっかりした大人になりたいってこと。小夜さんになるわけじゃないよ」

「よかったぁ。おねいちゃんは、くり子とずっといっしょよぉ」

「うん。ずっと一緒にいようね」

可愛くて、優しいくり子。おねいちゃんと一緒に、仲良く成長していこうね。

†

「ここが、公園？」

「そうだよ。くり子は公園は初めて？」

くり子はこくりと頷いた。

「うん。おかーしゃんは、おそとにあんまりでちゃメッて」

「そうなの？」

銀色の角を持つくり子が、人の目にふれるのを恐れたのだろうか？　野分さんは彼女なりの方法で愛する娘を守ろうとしていたのかもしれない。

でも今は小夜さんも少し離れたところから見守っているって言っていた。お父さんは仕事で少し遅れるけど、終わり次第私たちに合流する予定だ。銀色の角を隠すためにお団子ヘアにして帽子もかぶったし、準備は万全。だからきっと大丈夫。以前みたいに、うっかり目を離してしまわないように十分気をつけて、くり子を遊ばせよう。

「じゃあ、今日はくり子の公園デビューだね。何して遊ぶ？」

「うんとね。あえ、なぁに？」

「あれは、ブランコ。座ってゆらゆら揺れるの」

「あえは？」

「あれはシーソー。ぎったんばっこんってするのよ」

「おやまは？」

「お山？」

くり子が指差したのは、すべり台だった。公園の遊具を知らないくり子には、お山に見えたらしい。

「あれはすべり台だよ。お山の一番上まで登っていって、そこからしゅーんってすべっていくの」

今来ている公園の一番の人気遊具は、このすべり台。長さが自慢で、幅も大きめなので、親子ですべることもできる。

「たのちい？」

「うん、楽しいよ。すべり台、おねいちゃんと一緒にすべろうか？」

「うん！」

「じゃあ、まずは登ろうね」

先にくり子に階段を上らせて、私は後ろからフォローすることにした。初めてのすべり台に、くり子は少し不安そうだ。

「おねいちゃん、こわい……」

「大丈夫。おねいちゃんが支えてるから。下は見ないようにね」

こくりと頷くと、くり子はすべり台の頂上を見つめ、階段を一歩一歩上っていく。

「あとちょっとだよ。頑張れ、くり子」

「うん！」

なんとかすべり台の頂上につくと、できるだけ下を見させないように注意しながら、くり子を膝に乗せた。

「じゃあ、いっせーの、ですべるからね」

「うん！」

「いっせーの！」

腰に力を入れ少しだけずり進むと、そこからはもう一気だ。風を切りながら、勢いよくすべりおりていく。最初はちょっと怖く感じるけど、すべり始めると案外楽しい。思えば私も、小さい頃はすべり台が大好きだったなぁ。

　地面にたどりつくと、くり子の顔をのぞき込んだ。

「くり子、どう？　すべり台、楽しい？」

くり子は大きな灰色の目をさらに大きく見開き、きょとんとした表情だ。体は凍りついたように固まっている。

「くり子？　怖かったのかな？」

固まった状態のくり子の目が、少しずつ輝いていく。

「たのち……」

「え？」

「おねいちゃん、すべりだい、たのちぃ！」

はじけるような笑顔の妹に、私まで嬉しくなった。くり子は初めてのすべり台を、とても気に入ってくれたようだ。

「じゃあもう一回、すべろうか？」

「うん！」

くり子と再びすべり台の階段を上る。くり子が楽しいなら、何度でも付き合ってあげよう。

「うひゃひゃ。すべりだい、たのちぃぃ！　おねいちゃん、もういっかい！」

「はい、はい」

すべり台をとても気に入ったくり子は、何度も、本当に何度も、「もう一回」を要求する。

「おねいちゃん、もういっかい！」

「くり子……そろそろやめよう？　おねいちゃん、おしり痛くなってきたよ……」

「やらっ、もういっかい！」

「わかったわよぅ……」

くり子はその後も、私と一緒にすべり台をすべることをせがんできた。

「おねいちゃん、もういっかい。あといっかい」

「もう、もうお願いだから勘弁して……。おねいちゃん、おしり痛いよ。きっと真っ赤になってるよ」

くり子の笑顔のためなら、私はなんでもしてあげよう――そう思ったけれど、その道はなかなか険しいようだ。幼児の要求って、限度ってものがないんだと痛感した。

うう、おしり痛い……

すでに真っ赤になっているであろう自らのおしりをかばいながら、妹の公園遊びに付き合い続けた。


「おーい、杏菜。大丈夫かぁ？　ケツ押さえながら何かうめいてるけど……」

ようやく姿を見せた父親を、恨みがましい目でにらみつける。

「もうっ！　お父さん、遅いよ！」

「すまん。だけどよ。残業にならないように必死に頑張ってきたんだぜ」

「仕事だからどうしようもないのはわかるけど。それでも、もう少し早く来てほしかった……」

「おい、ケツが痛いのか？　ひょっとして……痔《ぢ》か？」

「お父さん……女子高生の娘に、その台詞《せりふ》はないでしょ？　デリカシーなさすぎよ」

「いや、デリカシーって言われても。状況が全然わからんし」

「くり子を見て、ちょっとは察してよぉ……」

くり子にお願いされて、何度も何度もすべり台遊びを続けた結果、私のおしりはじんじんとするほど痛くなってしまったのだ。

花の女子高生だっていうのに、公園でおしりをさすりながら、うめくことになるなんて。

「くり子の様子って。おお、楽しそうにすべり台で遊んでるなぁ。ん？　すべり台？　ああ〜。なるほど」

おしりが痛くて動けなくなった私をくり子は心配してくれたけど、「だいじょうぶ？」と言いながら痛い部分をぺちぺち叩くものだから、私は悲鳴をあげることしかできなかった。

結局、くり子を少し小さいほうのすべり台に連れていき、ひとりで遊ばせることにしたのだ。さっきまで私と一緒に遊んでいたすべり台より低いし、くり子ひとりでも安心してすべることができる。

「あ、おとーしゃん。すべりだい、たのちぃよぉぉ！」

「おお、そうか、そうか。たのちいか？」

「うん！」

くり子は今もご機嫌で、すべり台で遊んでいる。くり子のおしりも痛くなるんじゃないかと心配していたら、どこからか段ボールの切れはしを拾ってきて、それを使って上手にすべっている。

くり子ってば、私より遊び方が上手みたい……

「いや～懐かしいなぁ。杏菜があれぐらいのおちびだった頃も、すべり台が大好きだったよ。俺のケツの皮がむけるほど、一緒にすべったもんな」

「え、そうなの？」

小さい頃、すべり台が大好きだったことは記憶してるけど、お父さんと一緒にすべったことはあまり覚えてなかった。

「公園に行くたび、すべり台で遊んでいたぞ。俺も杏菜に付き合って、どれだけすべり台ですべったかわからないぐらいだ。杏菜もくり子もすべり台が大好きとは、さすがは姉妹だな」

すべり台で遊ぶくり子を、お父さんは誇らしげに見つめている。

くり子と私に、すべり台好きという共通点があったなんて。お父さんの言うとおり姉妹だからかな。あれ？　ちょっと待って。私とくり子は父親は同じだけれど、母親は違う。ということは、すべり台好きなのは……

「くり子、ちょっと待ってろ。おとーしゃんが一緒にすべってやるからな！」

通勤用のバッグを私に向かって放り投げ、父は駆け込むようにすべり台を上っていく。

「ひゅ～！　やっぱりお山のてっぺんは気持ちいいぜぇ。なぁ、くり子！」

「うん！　きもちぃ！」

すべり台のてっぺんで、父と幼い妹は得意気に下界を見下ろしている。文字どおり、お山の大将気分なのだろう。

姉妹揃ってすべり台が好きなのは、間違いなくお父さんの血だわ……

ここは喜ぶべきか、悲しむべきか。ちょっとだけ複雑な気分だ。

くり子とお父さんが楽しそうにすべり台で遊んでいる間、私は公園のベンチで休ませてもらうことにした。くり子はお父さんとも遊べることが嬉しくてたまらないみたいで、うふふ、キャッキャッと笑い声が止まらない。

「近所の公園だけど、連れてきてあげて良かった」

銀色の角を人に見られないように注意を払う必要がある。誰かに見られたら、大騒ぎになるもの。だからといって、遊びたい盛りの幼児を家の中に閉じ込めておくのはやっぱりかわいそうだ。

「たまには外に遊びに連れていってあげたいな……」

半妖のくり子を外に連れ出すことに、いろんな危険が伴うのはわかってるつもりだ。でも今は小夜さんという協力者もいるし、彼女に相談しながらくり子を外で遊ばせてあげられないだろうか。

「あー、疲れたぁ。ちょっと休憩」

荒い息を吐きながら、父が私の横に腰を下ろした。くり子はまだひとりで、楽しそうに遊んでいる。

いまだ元気いっぱいのくり子とは違い、お父さんは少し苦しそう。

「くり子の体力ってすごいよね。あれだけ全力で遊んでるのに、まったく疲れてないんだもの」

「幼児はそんなもんかもしれんが、くり子は特別体力があり余っていそうだな」

「でも普段は外で遊びたい！　って言わないよね、くり子」

「あの子なりに、普通の子とは違うことを理解しているのかもなぁ……」

くり子のお母さんである野分さんから、人間の世界での過ごし方を教えられていたのだろうか？　だから外で遊びたいとわがままを言わず、家の中でおとなしくしていてくれるのかもしれない。

「近所の公園であれだけ喜ぶなら、遊園地とかに連れてってやったら、もっと喜ぶだろうなぁ……」

笑顔ですべり台を楽しむくり子を見守りながら、ぽそりと父は呟《つぶや》いた。

「お父さん、それ、私も思った。遊園地は人も多いから、くり子には難しいと思うけど、たまには外で遊ばせてあげたい」

「小夜さんに一度相談してみるか？　いっそのこと、彼女に一緒に来てもらうのはどうだろう？　遊園地なら人が多いほうがいいだろうし」

「小夜さんも？　でも受け入れてくれるかな」

お父さんの言うとおり、小夜さんに遊園地についてきてもらうのが一番いいと思う。でもくり子はきっと小夜さんに甘えるだろうし、お父さんは美人な小夜さんに終始デレデレしていそう。そうしたら私は蚊帳《かや》の外みたいにならないかな？

「なんだよ、杏菜。複雑そうな顔をして。ひょっとしてヤキモチかぁ？」

「や、ヤキモチって何よ！　私はそんなに心狭くないいんだから」

強がってはみたけれど、図星かもしれない。

「うはは。まぁ、心配するな。くり子は杏菜のことが大好きだし、俺も娘たちが何より大事だから」

「とかいって、小夜さんの前では顔を赤くしてるくせに」

「そ、そうか？　常に平常心のつもりだったんだがなぁ。ま、男はみんな美人に弱いってことで許してくれ。だからといって、くり子や杏菜のことを忘れたわけじゃないからな。とりあえず晩ごはんを食べに行こう。店はもう予約してあるんだ。寿司だぞ！　杏菜も好きだろ？」

父に「寿司」と言われたとたん、お腹がきゅるると鳴ってしまった。

くうっ。我が腹は、本当に節操がない。物思いに耽《ふけ》ることもできないなんて。

「わはは。杏菜もまだまだ成長期だもんな。いっぱい食わしてやるから楽しみにしてろ。おーい、くり子！　メシ食いに行くぞぉ！」

「あーい！」

晩ごはんのことを言われたとたん、くり子は飛び降りるようにすべり台をすべりおり、私たちのところへ一目散に駆け寄ってくる。目を輝かせて父の顔を見上げる妹は、「ごはん」と言われたワンコみたい。姉妹揃って、食い意地だけは一人前だね。なんだか少し恥ずかしい気もするけれど、今日だけは色気よりも食い気を優先してやろうね。

「お寿司って、一皿百円ぐらいの回転寿司？」

走り寄ってきたくり子の手をしっかりと握りながら聞いてみた。

「おい、おい。今日はくり子の初めての外食だぞ？　もうちょっといいところにするさ」

「いいところって。まさか、回らない回転寿司？　高いでしょ？」

「ふふん。安心しろ。多くはないが、ボーナスも出たし、今日は家族でうまいもんを食いに行こう！」

「ぼなすぅ？　ぼなすって、なぁに？　おいしいのぉ？」

くり子が無邪気な質問をすると、お父さんは笑ってくり子と手を繋《つな》ぐ。

「ボーナスはなぁ、大人のご褒美みたいなもんだ。せっかくだから、杏菜とくり子にもおすそ分けだ」

「わーい！　おしゅそわけ～」

「くり子ってば、意味わかってないで言ってるでしょ」

「まぁ、いいじゃないか」

くり子を真ん中にして、右はお父さん、左は私が手を繋《つな》いでいる。三人並んで夜道を歩いていく。なんてことのない時間だけれど、なんだか心がほっこりと温かくなってくる。

たわいもない会話を楽しみながら、街灯に照らされた道を歩くと、父が予約したお店についた。

「ここって……」

そこは見るからに高級そうなお寿司屋さんで、普段着で来てしまったことを後悔するぐらいのお店だった。

「お、お父さん。ここって、絶対高いでしょ？　もうちょっと安い店にしようよ」

「杏菜、あのな。今日だけは値段を気にするな。ここはな、立派な寿司職人が目の前で寿司を握ってくれるカウンター席と、立派な個室があるんだ。個室にはなんと！　回転寿司のレーンが回ってくるんだ。だから高級店なのに、回転寿司の楽しさも味わえるってわけさ。くり子にはぴったりのお店だろう。さ、入るぞ！」

個室なら人目を避けられるし、頼んだお寿司がレーンで回ってきたら、くり子も大喜びするだろう。いい店を見つけてきたと思うけど、ここまで高級そうだと、入るのをためらってしまう。

お父さんがずんずんと寿司屋の中に進んでいくものだから、くり子も私もついていくしかない。くり子の帽子が取れないように注意しながら、予約した個室に案内してもらうと、そこは和風旅館の一室のような立派な部屋だった。中央には父の言うとおり、回転寿司のレーンと思われるものが通っていて、ここを通って注文した品が届くシステムになっているみたい。お得感が売りの回転寿司屋より凝《こ》った造りのレーンになっていて、見るからにお金がかかっていそうだ。

この店、絶対お値段も高級だよ。お父さん、大丈夫かなぁ？

私の心配をよそに、お父さんはくり子をふかふかの座布団に座らせ、自分もその隣に腰を下ろした。

「さ、くり子。何が食べたい？　杏菜も早く座って、好きなものを選べよ」

「え？　ああ、うん。そうさせてもらう……」

どう見ても高そうな寿司屋にびくびくしている私とは違い、お父さんは堂々としたものだ。仕事の付き合いとかで来たことがあるのかな？

お父さんに手伝ってもらいながら、くり子は楽しそうに注文用の電子パネルをいじっている。高そうな店だけど、回転寿司屋の気安さは上手に取り入れているみたいだ。

「くり子ねぇ、たまごのおしゅし食べたい！　あとねぇ、こっちのあかいのと、ちろいのと、てりてりしてうやつぅ！」

「たまご寿司と大トロの握り、タイの握り、うなぎの握りっと。あとはイクラも食うか？」

「うん！」

「杏菜は？　好きなもん注文しろよ」

「私はえーっと。とびっこと、かっぱ巻きと……」

「杏菜、今日はケチケチすんな。どーん！　と注文しろ」

「本当にいいの？」

「おぅ！　男に二言《にごん》はねぇ」

「それじゃあ、私も大トロをひとつ。あとはイカの握りを。茶碗蒸しもほしいな」

父が遠慮しなくていい！　と言うものだから、くり子は次々に食べたいものをタッチパネルで押していく。つられて私も、あれやこれやと頼んでしまった。

しばらくすると、カタカタと音を立てながらレーンに乗ったお寿司が運ばれてきた。きれいなお皿に盛られたお寿司はネタも厚みがあり、食べ応えがありそうだ。

くり子の分のお寿司を小皿に取り分け、目の前に置いてあげた。くり子はもう我慢できないといった様子で、手早く手を合わせたあと、お寿司にかぶりつく。ちょっと行儀が悪いけど、今日は気にせず楽しもう。

「わわっ、これ美味しい。口の中でとろける……。お父さん、美味しいよっ！」

「ほんとだ！　おいちいよ、おとーしゃん！」

「そうか、そうか。たんと食べろ。遠慮せずにな」

どのお寿司もすばらしく美味しくて、くり子も私も夢中で食べ続けてしまった。ほどよくお腹も満たされた頃、ふと見ると、お父さんのお皿はかっぱ巻きばかり並んでいた。

「お父さん、かっぱ巻きしか食べてないじゃない。やっぱり値段を気にして……」

「うるへー！　俺は昔からかっぱ巻きが大好物なんだよ。子どもの頃は、『かっぱの山ちゃん』なんて呼ばれてたぐらいでなぁ」

「ふーん。そうなんだぁ」

絶対嘘に決まっていると思いながら、かっぱ巻きばかり黙々と食べ続ける父の横顔を見つめた。

たぶん、くり子と私を喜ばせるために、高級なお寿司屋さんを予約してくれたのだと思う。でも値段がお高めだから、家計を気にしてお父さんはかっぱ巻きしか食べていないのだろう。

父の娘たちを思う気持ちに心の中で感謝しながら、その夜は美味しいお寿司をくり子と共に堪能した。

明日からは、節約料理に励むからね、お父さん。

「おいちいね」「おいちいね」と言いながら、お寿司をお腹いっぱい食べたくり子は、家に帰ると、こてんと寝てしまった。

「おやすみ、くり子」

満足そうに眠るくり子を幸せな気持ちで見守った。これから少しずつ楽しい記憶を増やしていけるといいな。

†

外の公園で遊んで、家族で外食して。なんてことのない日常だけれど、くり子には特別な思い出を作ってあげることができたと思う。これから少しずついいほうへ向かっていく。そんなふうに思っていた。

ところが現実はそううまくはいかなかった。

「やっ！　これ、きらい！　だいっきらい！」

おかずにまざったピーマンの切れ端を目ざとく見つけたくり子は、大きな声で騒ぎ始めた。わかりにくいように小さく刻んでお肉とまぜたのに。まるで天敵を見つけたかのような騒動だ。

「ピーマンもちゃんと食べよう。ね？」

「やっ！」

ぷいっとそっぽを向いたくり子は、箸《はし》を食卓に叩きつけた。箸《はし》は食卓を転がり、床へと落ちていく。

「くり子！　わがまま言わないの！」

むっとした私は、思わず声を荒らげてしまった。

ふっくらとした頬をぷうっとふくらませたくり子は、不愉快そうに私をにらんでくる。

「何よ、その目は」

「おねいちゃん、こあい」

「怖くさせてるのは、誰かな？」

「ちゃうもん、くり子やないもん。おねいちゃん、きらい！」

銀色の角が生えた頭をぶんぶんと振りながら、くり子は癇癪《かんしゃく》を起こす。

最近のくり子は、よくわがままを言うようになった。以前はなんでもよく食べたのに、最近は嫌いな食べ物を、はっきり主張する。

我が家に慣れてきたということだろうか？　発音はまだぎこちないけれど、言葉も達者になっている。

幼い妹の成長を感じるけれど、私やお父さんに反発することも増えてきた。私のことや、私が作ったものを、「きらい！」と言ってわめくのだ。

反抗期ってやつかもしれない。だからたぶん、一過性のものだと思うけれど、「おねいちゃん、だいすき」と言っていた幼い妹が一転して、「きらい！」と言ってくるのは正直辛い。くり子の世話をするのが嫌になってくるほどだ。

「わかったよ。もう食べなくていい」

ため息をつきながらお皿と箸《はし》を片付け始めると、くり子は慌ててお皿を押さえる。

「食べるよぅ！　ぴーまん、きらいなだけだもん」

「だって、イヤなんでしょ？」

「ごはんはしゅき！　おねいちゃんのごはん、おいしいもん。ぴーまんがイヤなだけだよぅ」

「……わかった。今日はもうピーマン残していいから、さっさと食べなさい」

「うん！」

にかっと笑ったくり子は、嬉しそうにお肉や白米を口に運ぶ。我ながら甘いなぁ、と思いつつも、「おねいちゃんのごはんはおいしい」って言われると悪い気はしなかった。

でも私の料理でも苦手なピーマンは食べられなかったわけで。この場をやり過ごすための、くり子の作戦なのかもしれない。

「こんなことで、これからもやっていけるのかな？」

食器を洗いながら、独《ひと》り言《ご》ちた。

くり子のお世話は、いつだって手探りだ。スマホで閲覧できるネットの子育て記事などが唯一の情報源。子育ての経験なんて女子高生の私にあるはずもないし、ましてや半妖の妹なんて、これまで想像したこともなかったもの。相談できるのは小夜さんやお父さんぐらいだ。

「明日学校から帰ってきたら、小夜さんに聞いてみようかな？」

私が学校に、父が仕事に行っている昼間の時間、小夜さんは我が家でくり子の子守りをしてくれている。ほとんど無償でお手伝いしてくれている小夜さんに、これ以上負担はかけられないけど、相談だったら受け入れてくれるかもしれない。

「おねいちゃん……」

明日のことをあれこれ考えていると、背後からくり子の声がした。

「くり子、何か用でもあるの？」

振り返って聞くと、くり子は可愛らしい口をもごもごと動かし、何かを伝えようとしている。

「あ、あのね」

「だから、なに？　ちゃんと言って」

もじもじしている妹に、ちょっとだけ苛《いら》ついてしまった。つい言葉が乱暴になっている。くり子の最近のわがままや癇癪《かんしゃく》で、私も疲れているもの。これくらい勘弁してほしい。

くり子はきゅっと口をつぐむと、何かを決意したように口を開いた。

「おねいちゃん、さっきはごめんなしゃい。きらいってウソよ。おねいちゃん、しゅき。だいしゅきだもん」

「くり子……」

「それだけ、だから」

くり子の頬は、ほんのり赤い。くり子なりに、精一杯ごめんなさいと言いたかったようだ。自分でもわがままを言っていることを自覚してるのかな。

「いいよ。おねいちゃんこそ、ちょっときつく言いすぎたね。仲直りに一緒に遊ぼうか？」

「うん！」

私からの提案に、くり子は嬉しそうに返事をした。

わがままや癇癪《かんしゃく》で憎たらしく感じることもあるけど、くり子はやっぱり可愛い。

子育てしてる世の中のお母さんやお父さんって、みんなこんな気持ちなのかな。

「くり子、何して遊ぶ？」

「うんとねー」

くり子は短い両腕を組み、うーんと考え始める。その仕草はお父さんによく似ている。

やがて名案を思いついたのか、にこっと笑った。

「かくれんぼ！」

「かくれんぼ？　どこで知ったの？」

「あのね、小夜おばしゃんと、かくれんぼであそんだの。くり子がね、ちょっとね、ごきげんななめだから、かくれんぼして遊ぼうって」

「なるほど……」

すっかりわがままになったくり子の世話に手を焼き、かくれんぼで機嫌を良くさせたのだろう。小夜さんの涙ぐましい努力が、痛いほどわかる気がした。

それにしても、鬼の小夜さんと、鬼の子で半妖のくり子がかくれんぼ。オニ役は小夜さんだろうか。小夜さんは、本物の鬼なのに。うーん、なんだかシュールな光景。

小夜さんも必死だったのだろう。なんだか申し訳ないな。

「わかった。くり子、かくれんぼしよう。オニは、おねいちゃんでいい？」

「うん！　くり子、かくれるよ」

「おねいちゃんのオニから、逃れることはできるかなぁ？」

爪をたてて口をガーッと開き、脅《おど》かす様子を見せると、くり子は楽しそうに笑った。

「じゃあ目をつむって、十数えるからね」

家の柱に顔を伏せると、わざとゆっくり数をかぞえはじめる。

「いーち、にー、さーん」

かくれんぼがよっぽど嬉しいのか、くすくすと笑いながら、くり子が家の中を走っていく音が聞こえる。

「うふふ、おねいちゃんがオニ。どこに、かくれようかなぁ？」

私に聞かれていないと思っているのか、くり子はひとりで話している。

「なーな、はーち、きゅーうー」

ご機嫌で家の中を歩き回るくり子の足音が、少しずつ慌てていくのが伝わってくる。

「あっ、ここにしよ。おしいれの布団のなか」

だから聞こえてるってば、くり子。私まで笑っちゃうでしょ？

「じゅーう。もう、いいかーい！」

「まぁだだよー！」

布団の中に潜り込むのに手間取っているようで、押し入れがカタカタと揺れる音が聞こえる。声と音で、隠れてる場所がすぐにわかってしまうんだけどね。

「もう、いいかーい」

「もう、いいよぉ～」

くり子はどうにか隠れることができたようだ。家の中が、静かになっている。くり子が身を潜《ひそ》めている場所はもうわかってるけど、すぐに見つけたら楽しくない。わざとあちこち捜すふりをしよう。

「どこかな～？　あれ、いないなぁ」

いないとわかってるのに、納戸の扉を開けたり、トイレの中を見てみたり。私のとぼけた声を聞くと、くり子は楽しくてしかたないようで、うふふと笑う声が押し入れから聞こえてくる。

「わかった、あそこだ。あれぇ？　いないなぁ」

我ながらわざとらしい演技だと思いつつも、おまぬけなオニ役を演じ続ける。すべてはくり子を楽しませるためだ。

「うーん。どこかなぁ？」

しばらくおどけていた私だったけれど、ほどよいところで、くり子が潜《ひそ》む押し入れへと近づいていく。

「くり子は、どこだろう？」

押し入れの前に到着すると、そしらぬ顔で、くり子の名を呼ぶ。押し入れの布団の中で妹が隠れていると思うと、なぜだが私まで笑えてくる。

「わかった、きっと押し入れだ」

わざと大きめの声を発しながら、押し入れの戸を開けた。

「あれ～？　押し入れにもいない……」

くり子の服の裾が布団の間から見えてるけど、気づかない演技を続けた。

「な～んて……」

一呼吸おいたところで、布団をばっとめくり上げ、くり子の可愛いお顔をさらけ出す。

「くり子、みーつけた！」

「きゃ～っ！　みつかったぁ。うふふふっ」

布団の中から顔を出し、くり子は楽しそうに笑っている。

「ああ～っ、たのちかった！」

くり子はかくれんぼが大好きになったようだ。ピーマンきらい！　って叫んでいた時とは大違い。

「オニのおねいちゃんに見つかったから、こんどね、がんばってぴーまん食べるねっ！」

栗色の髪を揺らしながら、くり子は満面の笑みを浮かべた。

まったく、この子は……

すごく憎たらしい時もあるのに、やっぱり根はとてもいい子で。この可愛さに免じて、わがままを言い続けたことは許してあげよう。

ちょっぴり生意気だけれど、愛らしい私の妹。きっとこれからも、なんでもやってあげたくなるのだろう。

「おねいちゃんはくり子が大好きだよ！」

たまらず妹を抱き寄せると、くり子も私の胸元にしがみついてきた。

「くり子も、おねいちゃん、だいしゅき！」

素直に甘えてくる妹を、ぎゅっと抱きしめた。

明日、小夜さんにかくれんぼで楽しく遊んだことを報告しよう。そして、くり子を遊園地に連れていきたいと相談してみるつもりだ。できれば小夜さんが、遊園地に一緒についてきてくれるといいな。そうしたら安心だもの。

これからも家族で仲良く暮らしていくために、私もできることを精一杯頑張っていきたい。

†

「かくれんぼ、ですか？」

「はい。小夜おばさんとかくれんぼで遊んだって、くり子が話してましたよ。だから私もくり子と一緒にかくれんぼで遊んだんです。すっごく楽しそうでした」

「まぁ、そうでしたか。それは良かったですね」

翌日の夕方、学校から帰った私は、小夜さんとお茶を飲みながら話をした。

くり子はその間、幼児向けの番組を夢中で見ている。歌って踊るコーナーもあるそれは、くり子のお気に入りなのだ。

「それではわたくしがなぜ、『かくれんぼ』をくり子に提案したのかも、お気づきですね」

「はい。くり子のわがままのせいですよね。ご迷惑をおかけしてごめんなさい」

「頭を下げるのはおやめになってくださいな。くり子はわたくしにとっても可愛い姪ですもの。できることはなんでもしてあげたいのです」

幼児番組を見ながら楽しそうに踊るくり子を、小夜さんは目を細めて見守っている。

小夜さんはくり子のことを、とても可愛がってくれている。だから妹も、小夜さんに懐くのだろう。

「最近のくり子は、わがままや癇癪《かんしゃく》を起こすことも多くなってます。正直、ちょっとだけ苛《いら》つくこともあるんですけど、できるだけくり子のわがままを受け止めてあげたいって思ってるんです」

「杏菜さん、とてもご立派ですわ。くり子が急にわがままを言うようになったのは、杏菜さんや山彦さんに心を許しているということですもの」

「そうですよね。私も同じように思ってます」

「幼児のお世話は大変ですが、わたくしにお手伝いできることは、できるだけ協力させていただきますね」

「ありがとうございます、小夜さん」

小夜さんの正体が鬼ということもあり、最初は彼女を少し警戒したり、嫉妬したこともあった。けれど今は、優しくて話しやすい人だって思うようになった。だって、くり子にあんなことがあった、くり子とこんな話をした、とお茶を飲みながらおしゃべりするのが、すごく楽しいからだ。

子守りをしてると大変なことも多いけれど、逆に楽しかったことや、嬉しかったこともたくさんある。それを誰かに話したいなぁと思う時、私にとって話せる相手が小夜さんなのだ。

　お父さんでも話は聞いてくれるけど、少しだけポイントがずれた返答がくることもあり、正直あまり楽しくない（ごめんね、お父さん）。

　小夜さんは私が心の中で望んでいる言葉を返してくれるし、愚痴にも、「大変でしたね」って言って、私の苦労をねぎらってくれる。これが実はすごく嬉しい。だって私の辛さや苦労を理解して、受け止めてくれるってことだもの。

　今や小夜さんは私にとって、年代や種族を超えた、茶飲み友だちのような存在となっている。

「そうだ、小夜さん。たまには晩ごはんを一緒に食べませんか？　今日は父も少し遅くなるって連絡がありましたし、小夜さんがいてくれると心強いです」

「それは嬉しいお言葉ですが、よろしいのですか？」

「はい、ぜひ。たいしたものは用意できませんけど」

「嬉しいですわ。杏菜さんはお料理が上手ですもの。お昼にいただく杏菜さんお手製のお弁当も、わたくしの秘かな楽しみなんですのよ」

「お世辞でも嬉しいです、小夜さん」

「お世辞ではありませんわ。本当のことです。今日のお弁当に入っていたハンバーグも絶品でしたもの」

「そんなこと言ってくれるのは小夜さんだけです。父は、『ありがとう』とは言ってくれるけど、何が美味しかったとか、どんなものが食べたいとか、あまり言ってくれないんです」

「ふふ。そんな感じの殿方もいますわね。照れてしまって、気持ちを正直に伝えられないのかもしれません」

「うーん、どうなんですかね。くだらない冗談はよく言いますけど」

「杏菜さんは毎日家事をしてくれてますもの。山彦さんも杏菜さんにきっと感謝してますわよ。わたくしも杏菜さんはとてもすごい方って思います」

「小夜さん……。嬉しいです。そんなこと、誰も言ってくれませんから」

お母さんが天国に逝《い》ってしまってから、毎日頑張って家事をこなしているけれど、その苦労をわかってくれる人はあまりいない。学校の友だちは、「大変だね」とは言うけれど、それだけだ。たぶん想像できないのだと思う。朝は誰より早く起きて朝食とお弁当の準備をして、学校から帰ったら洗濯物をとり込んで晩ごはんの準備をして……という生活をしたことがないから。

お母さんに代わって家事をしていくのは私自身が決めたことだけど、ふとした瞬間に思ってしまう。どうして私だけ、こんなことをしなくてはいけないのだろう？　って。嫌な気持ちになっても、家事や子守りが目の前からなくなるわけじゃないし、逃げることもできない。そんな私の苦労を理解して優しい言葉をかけてくれる人がいると、すごく嬉しい。また頑張ろうって思えるもの。

「小夜さん、良かったらお茶のおかわりどうぞ」

「ありがとうございます、いただきますわ」

にこやかにおかわりのお茶を受けとる小夜さんの頭に、今は白い角は見えない。大人になった鬼は、自らの角や牙を自在に操《あやつ》ることができるのだと小夜さんは言っていた。角や牙がないと小夜さんは、美人なお姉さんとしか思えない。正確な年齢は不詳だけれど、たぶん私よりずっと年上なのだろう。

小夜さんはとても気さくで話しやすい人だけれど、私よりたくさん世の中のことを知っているのだろうな、と思うことがあるから。私よりずっと物知りでも、小夜さんはその知識をひけらかしたりしないし、常に上品で優しい。

私も小夜さんみたいな女性になりたいって思う。顔はともかく、内面だけでもね。

「小夜さんに相談したいことがあるんです。くり子を遊園地に連れていってあげたいなって、父と話していたんですよ。何かあるといけないので、できたら小夜さんにもついてきてもらえると、すごく嬉しいです」

「遊園地、ですか？」

小夜さんの顔から、柔和な微笑みが消えた。

ダメだったのだろうか？

「人が多く集まる場所は、正直あまりお勧めできませんけど、くり子はきっと喜ぶでしょうね……」

「はい。だから一度連れていってあげたくて。夕方以降とか、人が少なくなる時間帯でもダメですか？」

「ダメではないのですが……」

何かを考え込むように、小夜さんは口をつぐんでしまった。

はっきりと否定しているわけではないけれど、大賛成でもない様子に、少し不安になってしまった。

「杏菜さんや山彦さんを怖がらせると思ってお伝えしていなかったのですが、あやかしの中には、人間の世界に上手にまぎれ込んでいる者もいるのです。わたくしのように、人間に擬態《ぎたい》できますからね。人間をむやみに襲ったりはしませんが、同じあやかしが相手だと、事情が少し変わってくることもありますの」

あやかしが人間の世界にまぎれ込む。

これまでの私なら信じられなかったけれど、今は理解できる気がした。

「くり子は銀の角を持つ鬼の子で、半妖です。銀の鬼は古《いにしえ》より強い力を有していましたから、その力に興味を抱くあやかしもいると思うのです。もっと言えば、利用してやろうと思う者も……」

「え、そうなんですか？」

くり子と私たち家族のために、小夜さんが話してくれているのはわかるけど、さすがに怖くなってきた。

「怖がらせてごめんなさいね。幸い、くり子は銀の角を持っていても、強い力は感じません。強い力を有する者は、他のあやかしにも察知できますから。これはわたくしも不思議なのですが、くり子は伝説の銀の鬼とは思えないほど、ごく普通の、人間の幼女のようですわ。ひょっとしたら、姉の野分はくり子が人間として暮らしていけるように育てていたのかもしれませんわね。もちろん杏菜さんや山彦さんが、くり子を家族として受け入れてくれているからもでもありますけど」

くり子のあやかしとしての力。そんなこと、私もお父さんも考えたことがなかった。

「くり子はあやかしとしては、弱い存在ってことですか？」

「まだ子どもだからということもありますが、強い力は感じませんね。ただ今後成長していくにつれて、変わっていく可能性もあります。だから用心だけはしていきませんとね」

「じゃあ遊園地みたいに、人が多く集まる場所は避けたほうがいいってことですね……」

公園であれだけ喜んだくり子だ。遊園地につれていったら、さぞかし喜ぶだろうと思ったのに、妹には難しいみたいだ。残念だな……

私が落ち込んでいるのを察したのだろう。小夜さんは私の両手をそっと握りしめてくれた。

「杏菜さんがくり子を妹として大切に思ってくれていること、わたくしも嬉しいです。

そうですね……わたくしがお供すれば大丈夫でしょう。もしも何かあったとしても、わたくしがくり子や杏菜さんたちをお守りできますから」

「じゃあ、くり子を遊園地につれていってもいいってことですか？」

「くり子もいずれ自分が銀の鬼である事実と向き合っていかなくてはいけませんし、遊園地はいい経験になるでしょう」

「ありがとうございます。小夜さん、よろしくお願いします」

「お礼を言わなくてはいけないのは、わたくしのほうですわ。姪を慈《いつく》しんでくれてありがとうございます」

「だって私の妹ですから、当然ですよ。くり子、こっちにおいで」

テレビを見ていたくり子が、きょとんとした顔で走り寄ってきた。

「なぁに？　おねいちゃん」

「くり子、小夜おばさまにお礼を言いなさい。遊園地に行くのよ。小夜おばさまと一緒にね」

「ゆうえんち……？　公園よりおっきいの？」

「そうよ。遊べるものがたくさんあるの」

「くり子、いけうの？　ゆうえんち。いけうの？」

「そうよ。連れていってあげる」

くり子の顔が、みるみる輝いていく。

「わぁーい、やったぁ！　ゆうえんち、いけう！」

お父さんから遊園地の話を少し聞いていたのだろう。すごく興味があったのに、自分から行きたいとは言わなかった。私やお父さんを困らせないように。

「おとーしゃんと相談して、日程を決めようね」

「うん！　うふふ。うれちいなぁ、ゆうえんち」

遊園地に行けると知ったくり子は、ばんざいしながら喜び、周囲をぴょんぴょんと飛び回った。その姿を、私も小夜さんも微笑ましく見守った。

†

「わあぁ、おおっきい〜！」

遊園地についたとたん、くり子は大きな声を発した。

かぱっと開けたお口から牙が見えていたので、慌てて口元を隠す。幸い、他の入場者は自分たちのことに夢中で、誰にも気づかれなかったようだけれど、それでも焦ってしまう。

「くり子、ちょっとこちらをお向きなさい」

くり子の前で屈《かが》んだ小夜さんは、妹の口元を子ども用のマスクで覆った。

「小夜おばしゃん、これ、なぁに？」

「マスクですよ。口元を隠しておけば、くり子が大きく口を開けても大丈夫でしょう」

小夜さんの言うとおり、マスクで隠しておけば、くり子が大声を出したり、笑ったり、叫んだりしても大丈夫だ。さすがは小夜さん。彼女に一緒に来てもらうことにして本当に良かった。

「ゆうえんち、公園よりも、しゅっごく、しゅっごく、大きいね！」

興奮したくり子は楽しそうにあちこちを指差している。これだけ喜んでくれるなら、連れてきた甲斐があった。お父さんも小夜さんも、微笑みながらくり子を見つめている。

今日は日曜日。くり子が初めて遊園地で遊ぶ日だ。この日のために私は早起きして四人分のお弁当を作った。

最初は人が少ない夕方に来ることを計画していたけれど、家族連れが多い昼間のほうがかえって目立ちにくいだろうというのが小夜さんの意見だった。お父さん、小夜さんとよく相談したうえで、日曜の朝からお出かけすることになったのだ。

「えっと。小さい子でも遊べる場所は、と」

遊園地の案内板を見ると、幼児から小学生ぐらいまでの子どもを対象にしたキッズタウンがあった。くり子はまだ幼いから、年齢制限のあるアトラクションには乗れない。キッズタウンなら、くり子でも楽しく遊べそうだ。

「くり子、まずはおとーしゃんと一緒に何か乗るか？」

「うん！」

「何か乗りたいものあるか？」

「うんとね、えとね。あっ、あれ！　かっぷの形したやつ」

「カップ？　ああ、ティーカップの形の乗り物がぐるぐる回るやつか。よーし、その前におとーしゃんの肩に乗りなさい。あそこまで連れてってやる。杏菜、ちょっと手伝ってくれ」

膝を地面につけるようにして体を低くした父の肩に、私がくり子を乗せた。父がゆっくり立ち上がれば、肩車のできあがりだ。お父さんはここぞとばかりに体に力を入れ、雄々しく立ち上がる。

「ほーら、くり子。おとーしゃんに乗るのもいいだろぉ？」

「ほんとだ、たかーい！　遠くまで見えるぅ。うふふ」

「くり子、楽しいか？」

「うん、たのちい！」

「杏菜、小夜さん。俺はくり子と行ってくるから」

「うん。そこのベンチで待ってる」

お父さんはくり子を肩に乗せたまま、ティーカップのアトラクションへ向かった。くり子は楽しくてたまらないといった様子で、きゃっきゃと笑っている。

「お父さんってば、無理しちゃって。あとで腰が痛くなっても知らないぞ」

くり子を乗せた父のうしろ姿を見送りながら呟《つぶや》いた。すると小夜さんが、小さく笑った。

「山彦さんはくり子に、父親として強い姿を見せてあげたいのでしょうね。微笑ましい光景ですわ」

「はりきりすぎて、あとでダウンしそうですけどね。小夜さん、座って待ってましょうよ」

「ええ、そうしましょう」

近くのベンチに小夜さんと並んで腰を下ろすと、バッグから大きめの水筒を取り出した。コップ代わりになるふたが二重になっている水筒なので、ちょうどふたりで飲み物を分け合うことができる。今日の飲み物は、少し甘くした紅茶だ。

「小夜さん、お茶をどうぞ」

「ありがとうございます」

小夜さんと一緒に紅茶を飲むと、ようやくほっと安らぐことができた。

今日は行楽用のお弁当なので、普段とは少しだけ違うメニューにした。外でも食べやすいように、小さめのおにぎりを中心に、定番の唐揚げや玉子焼き、ほうれん草の和《あ》え物、きんぴらなどにフルーツを添えて彩《いろど》り豊かにしてみた。ついでにくり子の好きな手作りゼリーでも……なんて考えていたら、想像以上に時間がかかって、朝から大変だったのだ。

「小夜さん、今日は一緒に来てくれてありがとうございます」

「こちらこそ楽しい一日になりそうで嬉しいですわ」

「くり子にとって、楽しい思い出になってくれるといいなって思います」

「ご家族にとって、きっと良き思い出となりますわ」

小夜さんとのおしゃべりを和やかに楽しんでいると、ほどなくしてお父さんとくり子が戻ってきた。

くり子は元気いっぱいに走り寄ってきたけど、お父さんはその後ろからとぼとぼついてくる。

「おねいちゃん、かっぷ、たのちかった！　ぐるぐる〜ってまわるのよ。たのちいから何回もまわったよぅ」

「くり子が、『もう一回、あと一回』ってせがむものだから、どんだけティーカップの乗り物でぐるぐる回転したことか……。おかげで今も視界がぐるぐるして……うえっぷ」

回転しすぎて気持ち悪くなったらしいお父さんは、えずきながら口元を押さえた。

「やだ、お父さん。こんなところで吐かないで。トイレへ行ってよ」

「くり子のために、いっぱいぐるぐるしてきたのに、その台詞《せりふ》はないだろ、杏菜」

「それは偉いと思うけど、ここで吐かれたら大変だもの」

「まぁ、まぁ、杏菜さん。山彦さんには私が付き添いますから、杏菜さんはくり子を他のアトラクションに連れていってあげてください。山彦さんが落ち着いたら、ふたりで追いかけますから」

「ああ、小夜さんは優しいなぁ。女神様みたいだよ。それに引きかえ、うちの薄情娘ときたら……」

ぎろりとにらむと、お父さんは気まずそうに顔をそらした。

「お父さんは小夜さんとここで休憩してて。くり子、早々にダウンしたおとーしゃんはほっといて、おねいちゃんと遊びに行こう」

「うん！　おとーしゃん、だうん！　だもんね」

くり子と手を繋《つな》ぎ、他のアトラクションへ向かった。

ベンチで休憩中のお父さんは、小夜さんと照れくさそうに話している。

「お父さんってば、またデレデレしてる。美人に弱いんだから」

お父さんが照れているのは、小夜さんが野分さんに似ているからなのかもしれない。

くり子のお母さんである野分さんも、小夜さんみたいに優しくて話しやすい女性だったと聞いている。お父さんがついデレデレしてしまうのも、わからなくはない気がした。

「おねいちゃん、くり子ね。あっちでお馬さんがぐるぐるしてたから、ちゅぎはあれがいいな」

「お馬さんがぐるぐる？　ああ、メリーゴーラウンドね。いいね、一緒に乗ろう」

「うん！」

妹と共にメリーゴーラウンドを楽しみながら、くり子の母の野分さんのことを少し考える。

お父さんは野分さんがくり子を捨てるはずがない、と言っていた。以前は野分さんを疑ってしまった私だけれど、小夜さんと仲良くなってからは、そうではないと思うようになった。優しい小夜さんが大切に思うお姉さんが、薄情な人とは考えられないもの。

となると、野分さんが娘を育てられなくなった事情が、何かあったのかもしれない。もしかしたらそれが、くり子に関係する話だったとしたら……

ちらりとくり子に目を向けると、幼い妹は馬車の形の遊具に乗り、楽しそうに笑っている。うふふ、きゃっきゃと笑い続けるくり子は、とても可愛かった。娘を大切に思う母親なら、きっと愛おしくてたまらなかっただろう。

そのうちわかるのだろうか。野分さんがなぜ姿を消してしまったのか……

ぼんやり考えていたら、いつの間にかメリーゴーラウンドの回転が終わってしまっていた。

「おねいちゃん、くり子ね、ちゅぎはあえがいい！」

くり子が指差した先では、これまでのメルヘンな童話風のアトラクションから一転して、おそろしげな雰囲気が漂っている。それもそのはず、くり子が希望した次のアトラクションは、子ども向けのおばけ屋敷だったからだ。

「おばけ屋敷……？　くり子が？」

「うん！　たのちそう！」

「くり子は鬼の子なのに、おばけ屋敷で遊ぶの？」という言葉が喉まで出てきそうになったけれど、どうにか堪えた。

ニセモノのおばけたちがいるところに、半分あやかしのくり子が遊びに行くってことよね？　ニセモノの中に、本物がまぎれ込む。状況を考えると、なんだか少しおかしかった。

「えっとね、くり子。おばけ屋敷は、こわーいのがいっぱい出てくるんだよ？」

「ほんものの、おばけ？　うらめちゃ〜ってやつ？」

「本物かどうかはわからないけど、たぶんそんな感じのやつ、かな？」

「それなら、くり子はだいじょうぶだよ。おもちろそう」

「大丈夫なら、やめとかない？　他のアトラクションにしようよ」

やんわりと、別のアトラクションに誘導してみる。くり子は不思議そうな表情で私を見つめている。

「おねいちゃん、ひょっとちて、こわいの？」

ぎくり。

「そ、そんなことはないけど……」

と言いつつも、おばけ屋敷から目をそらしてしまう。

本当のことをいうと、怖いお化けが出てくるホラー映画とか漫画、さらにはおばけ屋敷はちょっと……いや、だいぶ苦手なのだ。

「おねいちゃん、こわいのぉ？　おねいちゃんにも苦手なもの、あるんだぁ？　くり子にはいつも、すききらいはダメだよ、っていうのに？」

にまっと笑った妹に、どきりとしてしまった。

「好き嫌いは食べ物の話であって。他は関係ないっていうか、私だって苦手なものはひとつぐらいあるわけで」

「おねいちゃん、きらいなものはできるだけなくしていこーね、って、いつもいう」

「ううっ、それは」

「すききらいしてたら、りっぱなオトナになれないよ？　って、おねいちゃんいうよね」

「うううっ」

「にがてなの、なくさないとオトナになれないよ？」

痛いところをついてくる妹に、しどろもどろになってしまう。普段から私が妹に言い聞かせていることだけに、否定することもできない。口ごもる姉を見かねたように、くり子の小さな手が私の腰あたりをぽんと叩いた。

「はいろっか？　おねいちゃん」

駄々っ子を優しく諭《さと》すような言い方。おそらく私の真似だ。

「はい、わかりました……」

そう答えるしかなかった。正論で攻めてくるくり子に、威厳ある姉の姿を見せるためには、苦手なおばけ屋敷であっても行くしかないのだ。

子育てって、自分の嫌いなものから逃げることも許されないのね。ああ、理不尽だわ……

おばけ屋敷に向かって、はりきって進む妹の後ろを、とぼとぼついていった。

おばけ屋敷は子ども向けだったからか、ハリボテ感はあったものの、そこかしこに貼られた本格おばけの絵は迫力満点で、怖がりな私の足がすくんでしまう。

「さっ、おねいちゃん、いきましゅよ～」

「うう、わかったわよぅ……」

くり子はまったく恐怖を感じないのか、私の手を引っぱりながら、ずんずんと歩いていく。さすがは本物の鬼の子、半妖の妹、というべきだろうか。

「待って、待ちなさい、くり子。お願いだから、もう少しゆっくり。ね？」

小さなくり子の後ろに隠れるように（少しも隠れてはいないけど）、じりじりと前へ進む。すると、くり子の足がぴたりと止まった。

「あ、あれ」

「えっ、なに？」

くり子が指差した方向に、何気なく目を向けてしまった。

すると、その瞬間。

「う～ら～めしやぁ～」

現れたのは、長い髪を垂らした女の幽霊だった。ひゅ～どろどろと効果音が鳴り響き、どこからか男性の悲鳴まで聞こえてくる。

「キャァ～！　いやぁぁ！」

おそろしい幽霊の姿に、なりふりかまわず叫んでしまった。

威厳ある姉の姿を妹に見せる余裕なんて、まるでなかった。

おばけ屋敷だから、キャストと呼ばれる出演者たちが幽霊を演じているだけだと、頭では理解している。けれど想像以上に凄《すご》みのある演技に、私はあっという間に恐怖のどん底に叩き落とされてしまった。

なに、これ！

怖すぎるんですけどっ！

これだけ怖かったら、くり子もきっと怯えて泣いていると思い、抱きしめてあげようと思った瞬間だった。

「きゃははは っ！　おねいちゃん、あれ、おもちろいねっ！」

え……もしかして、この子。笑ってるの……？

「おばけしゃん！　もっとこわくしてもいいよぉ。えいって飛びかかってくるとかしてさ」

いやいや、子ども相手にそれはトラウマものでしょ。

ってか、くり子。幽霊が、怖くないの？

「うふふふ、たのちぃぃ！」

くり子、おばけ屋敷を全力で楽しんでる……

半分あやかしの子だから、怖くないってことなの？

「おねいちゃん、あのおばけしゃん、おもちろい！」

「あっ、こっちもちゅごいね！　うん、かわゆい！」

その後もくり子は、次々と現れるおばけたちを指差しては、可愛らしい笑顔でキャッキャッと笑い続けている。あまりに楽しそうに笑うので、おばけを演じるキャストさんたちにも気まずそうに苦笑いされるという、ありえない構図となった。

「おねいちゃん！　おばけしゃんといっしょに写真とって！　すまほでとって！」

あげくの果てに、気に入ったおばけと記念撮影したいと騒ぎ出し、他の入場者に失笑される事態となった。

私のスマホのフォト画像には、実に不気味な幽霊やおばけに扮《ふん》したキャストさんたちと並び、ピースサインで写る我が半妖の妹、という世にも奇妙な写真がずらりと並ぶこととなってしまった。

ああ、くり子とはもう二度とおばけ屋敷に入りたくない……

「ねぇ、くり子。そろそろおばけ屋敷を出ようよ。もう十分楽しんだでしょ？」

私の前を歩く妹に、そっと声をかけた。

「うん！　ああ、たのちかった！」

ぐりんと勢いよく私のほうに振り返った時だった。くり子の帽子がふわりと舞い上がり、ころんと落ちてしまった。散々笑い転げていたせいか、帽子の下のお団子ヘアが崩れていて、片側の角が丸見えとなっている。

わわっ！　角が出ている。くり子の銀色の角が丸見えになってる！

慌ててくり子の頭の角を手で隠したけれど、他の人に見られてないだろうか？　どきどきしながら周囲を見渡し、様子をうかがった。おばけ屋敷ということもあり、照明は暗くなっている。他の入場者たちは、おばけに扮《ふん》したキャストに夢中で、くり子の角に気づく人はいなかったようだ。

「くり子、帽子！　帽子落としたよっ！」

「あっ、ぼうし、ないっ！」

転げ落ちてしまった帽子を目だけで捜したが、どこにもない。ころころと転がり、変なところに入り込んでしまったのかも。

くり子の角を左手で隠しながら、右手を使って手探りで捜したけれど、暗いおばけ屋敷の中では帽子を見つけることができなかった。

どうしよう。このまま帽子を捜すべきか、それとも一度おばけ屋敷を出るべきか。どっちが正解なの？

想定外のことが次々と起きたせいで、私はすっかり混乱してしまっていた。

「あの、落としましたよ？」

「えっ？」

暗がりのほうから声が響いた。声から察するに男性のようだ。親切な人が妹の帽子を見つけて、持ってきてくれたのかもしれない。

「あ、ありがとうございま……きゃあっ！」

「あっ、オニしゃん」

帽子を拾ってくれたのは、なんと鬼だった。

見上げるほどの高身長に筋骨隆々《きんこつりゅうりゅう》な体、青っぽい肌。頭には黒い二本の角があり、虎縞《とらじま》のパンツを身に着けている。帽子を持つのとは反対側の手には、金色の棍棒《こんぼう》がある。日本昔話の絵本からそのまま飛び出してきたような、立派な青鬼だった。

「あ、驚かしてすいやせん。自分、鬼の役担当なもんで。帽子をお捜しなんすよね？これじゃないですか？」

気のいいヤンキーのような話し方で帽子を手渡してくれたのは、青鬼に扮《ふん》したキャストさんだったのだ。

「ほ、本物の鬼じゃない……？」

「そうっす。ホンモノみたいってよくほめられるんですけど」

「そうなんですね、よかった……。あっ、帽子拾ってくれてありがとうございます！」

慌ててお礼を伝え、くり子の帽子を受けとった。

迫力満点の姿だったから、一瞬本物の鬼かと思ってしまった。

「その子、お客さんのお子さんっすか？」

「お子さん？　いえ、この子は私の妹です」

何気なく聞かれたので、私もさらりと答えてしまった。

「そうっすか。妹さんね……。妹さん、可愛いっすね」

「は、はぁ」

青い鬼に扮《ふん》した男性は、へらへらと笑いながら、くり子をじっと見つめている。

「ビックリするぐらい可愛いっすね。特にこの、崩れたお団子ヘアとか」

青い鬼の男は片方の手を伸ばし、くり子の髪にふれた。

「栗色の髪に、灰色の瞳。へへっ、いいねぇ、可愛いねぇ……」

にたりと笑った青い鬼の男は、くり子の頭をそのまま撫でようとしたのだ。

「さっきこのへんに、なんかあったっすよね。角みたいのが……」

にやにやと笑っている青い鬼の男は、先程までの親しみやすさはどこかに消え失せ、ぞっとするほど不気味だった。

こ、こわっ！　怖すぎるっ！

頭を撫でられたら、くり子の頭に角があることを気づかれてしまう。

「わ、私たち急いでますのでっ。帽子を拾っていただいて、ありがとうございました！」

くり子をやや乱暴に抱き上げ、逃げるようにおばけ屋敷を飛び出した。

外にはお日様がさんさんと輝いていて、その明るさに心から安堵する。

「ああ、怖かった……。なんなの、あの人」

世の中には幼い女の子に異常に執着する人間もいると聞くけれど、それだけではないような、得体の知れない恐怖を青い鬼の男から感じた。くり子を見つめる視線を思い出すだけで、体が震えてきそうだ。

「おーい、杏菜、くり子〜」

どこからか、のん気な声が聞こえてきた。声のほうへ顔を向けると、小夜さんと並んでゆっくり歩いてくる父の姿だった。

「お父さん、遅いよぉ！」

「へ？　気持ち悪いのがようやく治まったから、やっと追いかけてこられたんだけど。ん？　何かあったのか？」

　何から話せばいいだろう？　くり子がおばけ屋敷で笑い転げ、おばけと一緒に記念撮影をして、くり子の帽子が転げ落ち、銀色の角が見えてしまったこと。帽子を拾ってくれた青い鬼の男が、とても不気味で怖かったこと。

　駄目だ、頭の中が混乱してる。

「杏菜さん、何かあったのですね？　震えていますもの。大丈夫ですか？」

　言われて気づいた。私はくり子を抱きしめたまま、かたかたと震えていたのだ。震える私に、小夜さんが寄り添ってくれた。優しい小夜さんの気遣いが嬉しくて、なんだか泣けてくる。

「小夜さん、あのですね。くり子、笑うんです。おばけ屋敷で、うふふふ、キャッキャッと。そしたら帽子がころんと落ちて、くり子の角が見えてしまって。青い鬼に扮《ふん》した男が拾ってくれて……」

　我ながら支離滅裂《しりめつれつ》な説明だった。聞いてる小夜さんとお父さんは、なんのことかわからないだろう。けれど今の私に、上手に説明できる余裕などなかった。

「杏菜さん、かわいそうに。怖かったのですね。山彦さん、今日はもう帰りましょう。くり子もお家に戻りますよ」

「ええっ！　くり子、もっとあそびたい」

「また連れてきてあげますからね。今日のところは帰りましょう」

小夜さんがいてくれて、本当に良かった。私とお父さんだけだったら、どうなっていたことだろう。

小夜さんに支えられながら、私たち家族は無事に家に帰ることができた。まだまだ元気なくり子とは違い、私はぐったりと疲れはてていた。

「杏菜さん、今日はくり子と一緒にお昼寝してください。まずはゆっくりお休みしましょう」

「小夜さん、まだいてくれますか？」

にやにやと笑う、青い鬼の男の姿が頭から離れなかった。理由は説明できないけれど、たまらなく怖かった。

「大丈夫ですよ。杏菜さんがお昼寝から目覚めるまで待っていますから」

こくんと頷いた私は、まだ遊びたいと駄々を言う妹をなだめ、共に布団で横になった。

くり子は布団の中に入ると、あっさり寝てしまった。遊び疲れていたことに、自分でも気がついていなかったらしい。

かすかに震え続ける私を、小夜さんは布団越しに優しく撫でてくれた。その温もりに心から安心した私はゆっくりと休むことができたのだった。

「おばけ屋敷のキャストが、うちの可愛いくり子に無断でふれた、だと……！」

お昼寝から起きた私は、ようやく気持ちも落ち着き、おばけ屋敷であったことを詳しく説明することができた。

すると父は突如立ち上がり、怒り出したのだ。

「保護者の許可もなく、幼い女の子の体にふれるとは、なんて失礼な男だっ！」

まさかお父さんが憤慨《ふんがい》するとは思わず、唖然《あぜん》と見つめてしまった。

「お父さん、くり子はまだお昼寝中だから。ふれたといっても、髪の毛を少しさわっただけよ。それに落とした帽子を拾ってくれたわけだし」

青い鬼に扮《ふん》した男をかばいたいわけではないけれど、最初は親切な人だと思ったのも事実だった。

「だが、くり子の頭を撫でようとしたんだろ？　杏菜の許可もなく無断で。しかもそいつ、くり子の頭に何かあると気づいてたみたいじゃないか」

私が無言で頷くと、父は目をつり上げ顔を真っ赤にして、青い鬼の男を罵倒《ばとう》した。

「キャストということは、おばけ屋敷で働く従業員だろう？　特に理由もなく、客の、しかも幼い女の子の頭を撫でまわしていいはずがないっ！　今から電話で苦情を言ってやるっ！」

我慢できないのか、お父さんは遊園地に電話すべく、部屋を出ていった。

「杏菜さん、それは怖かったですね。まさか青い鬼に扮《ふん》した男に、何かされたりしませんでしたか？　くり子は怯えていませんでしたか？」

私とくり子のことを心配してくれる、小夜さんの優しい言葉が心に沁みた。

「小夜さん、大丈夫です。何もされてません。くり子は遊園地とおばけ屋敷をすごく楽しんでいましたし。ただ青い鬼の男は、くり子のことをすごく可愛いって言ってました。髪や瞳の色、そして頭に角のようなものが……って調べるような感じで。くり子が可愛いのはわかりますが、それだけではないような不気味な雰囲気でした」

「髪や瞳の色、頭を気にしていた……。頭を撫でようとしたのは、ひょっとして」

「はい。くり子の頭に角があるかどうか、青い鬼の男は確認したがっているように感じました」

「それは怖かったですよね。遊園地にお供していたのに、おばけ屋敷についていけなくてごめんなさいね。わたくしの不注意でした」

「いいえ、そんな。小夜さんは気持ち悪くなった父の付き添いをしていてくれたんですから、むしろ感謝してます」

小夜さんは私とくり子のそばにいなかったことを、とても後悔している様子だった。小夜さんのせいではないというのに。

ほどなくして電話を終えた父が、不機嫌そうな表情で戻ってきた。

「今日行った遊園地に電話したら、おばけ屋敷で青い鬼を演じていた男はもう辞めたと言われた。短期アルバイトとして雇った男だったそうだが、今日急に辞めますと言って、一方的に辞めたそうだ。アルバイトとはいえ、当方の従業員が失礼な真似をして申し訳ないって謝ってくれたけど……なんかこう、すっきりしない話だな」

「青い鬼の人、辞めたの？　なんで？」

「それが理由はさっぱりわからんらしい。急にやる気がなくなったのかね。無責任なヤツだよ」

青い鬼を演じていた男は、不気味で怖かったけど、私たちに危害を加えたわけではない。急に仕事を辞めるほどのことではなかったはずだ。

「青い鬼を演じていた男については、わたくしが調べてみましょう。少し気になることがありますので」

何か思い当たることがあるのか、小夜さんは少し考え込んでいる様子だ。

「小夜さん、何か心配なことでもあるんですか？　教えてください！」

「小夜さん、俺にも話してください」

私と父が小夜さんに聞くと、彼女はしばし沈黙したのちに、ゆっくり話してくれた。

「その青い鬼の男、あやかしかもしれません。わたくしの考えすぎだったらよいのですが」

小夜さんの言葉に、私もお父さんも驚きで言葉が出なかった。

人間の世界に上手にまぎれ込むあやかしがいると小夜さんが話していたけど、まさか遊園地のおばけ屋敷に、本物のあやかしがいるとは思わなかったからだ。

「その男があやかしだったとしたら。くり子はどうなりますか？」

お父さんが質問すると、小夜さんは静かに説明してくれた。

「可能性は二つあります。くり子の頭の角を確認しようとしたのは、ひとつは、くり子があやかしかどうか知りたかったから。その場合、自分もあやかしだと気づかれるのを恐れて仕事を辞めたのではないでしょうか。もうひとつの可能性としては、くり子が銀の鬼であるかどうか確認したかったからではないかと思います」

小夜さんは顔色を変えることなく淡々と話した。その表情は冷ややかで、感情を読みとることができない。怖くなった私は、おそるおそる聞いてみた。

「小夜さん、前者だった場合は特に問題はないですよね。でももしも、後者だった場合、くり子はどうなりますか？」

何かを考えるように、小夜さんは少しの間うつむいていた。やがて顔をあげ、私と視線を合わせる。

「くり子が銀の鬼であると知り、なんらかの形でその力を利用しようとするかもしれません」

にたりと笑う、青い鬼の男が頭の中に浮かび上がり、背筋が凍りついた。

くり子の力を利用しようとする？　それって、すごく怖いことよね？

「怖がらせてごめんなさいね。今はまだ推測にすぎませんので、あくまで可能性としてお考えになってください」

怖がる私を小夜さんは気遣ってくれたけど、不安は拭《ぬぐ》いきれなかった。

「青い鬼を演じた男の素性がわかるまで、念のため用心してください。しばらくはくり子を外に出さないほうがいいと思います。くり子にはかわいそうですが……」

「くり子を外で遊ばせたらダメってことですか？」

これからは普通の子のように、少しずつ外で遊ばせてあげたいと思っていたのに、それができなくなるなんて。

「男の素性がわかるまでの辛抱です。できるだけ早く調べてきますので、どうかご理解ください」

小夜さんがここまで言うのは、よほどのことのように思えた。

「わかりました。くり子には俺からよく言い聞かせておきます」

呆然とする私に代わって、お父さんが小夜さんに応えてくれた。

「杏菜、外に出してやれなくてくり子にはかわいそうだが、あの子を守るためだ。悪いがおまえも協力してくれ」

私は黙って頷くことしかできなかった。

どうして、こんなことになってしまったのだろう。遊園地でくり子に楽しい思い出を作ってあげたかっただけなのに。

遊園地の翌日から、くり子は再び家の中だけで過ごすことになってしまった。

「あのな、くり子。ちょっと悪いヤツが現れて、子どもがねらわれてるみたいなんだ。ちょっとの間だけ、お外に出るのはやめておこうな。しばらく経ったら、またどこかに連れてってやるから、少しの間我慢してほしいんだ。くり子、できるかい？」

お父さんはあえて、詳細は話さないことにしたようだ。半妖のくり子だけがターゲットにされてるかもしれないなんて、言えないもんね。

お父さんから外に出られない理由を聞かされたくり子は、ほんの一瞬だけ泣きそうな表情をしたけれど、すぐに笑顔を見せてくれた。

「うん、できうよ」

にっこりと笑ったくり子の表情に安堵しながら、一刻も早く事態が収束してくれることを祈った。

神様、くり子は半妖の妹だけれど、とてもいい子です。銀色の角があっても、普通の子と何も変わりません。私もお父さんも、くり子が大人になるまで精一杯頑張って子育てしていきますから、どうか妹を守ってください。

神様があやかしを守ってくれるのかどうかなんて、私は知らない。けれど神様にすがることしかできなかった。

第三章　真実を知ってしまいました

「遊園地で青い鬼に扮《ふん》していた男の素性ですが、やはりあやかしである可能性が高いようです。個人情報を操作した形跡が見られますので。ですが契約していた住居を立ち去ってからの行方《ゆくえ》を確認できませんでした。申し訳ないのですが、もう少しの間、くり子の外出は控えていただけますでしょうか？」

青い鬼を演じていた男の情報がわかったのは、遊園地に行ってから、一ヶ月ほど経った頃のことだった。

あの男は、やはりあやかしだったらしい。けれどその消息がわからず、また目的も定かではないため、念のため今後も用心してほしい、ということのようだ。

「調べてきてくださってありがとうございます。では今後も警戒を続けたほうがいいって、ことですかね？」

お父さんが小夜さんにお礼を伝えると、彼女はとんでもないですと軽く首を振った。

「どうか気にしないでください。くり子は姉の娘であり、私にとっては可愛い姪なんですもの。ですが、遊びたい盛りの幼児をいつまでも家の中に閉じ込めておくのはさすがにかわいそうですね……」

「それなら心配ないですよ。くり子はすごくいい子にしてますから。一時はわがままがひどかったですが、今は聞き分けもよくて、俺や杏菜も助かってますし。なぁ、杏菜？」

「はい。くり子は素直でとてもいい子です」

父の言うとおり、くり子は家の中でおとなしく過ごしてくれていた。泣きわめいたり、わがままを言ったりすることもなく、とてもいい子だ。あまりにいい子なので、くり子も少しだけ成長できたのかな、なんて私もお父さんも考えていた。

「そうですね。平日の昼間はわたくしがくり子の子守りをしてますが、聞き分けもよく助かってます」

「そうでしょう？　元々くり子はいい子なんですよ。いや、本当に」

お父さんは自慢げに語っているけれど、私は少しだけ違和感を覚えていた。確かに今のくり子はとてもいい子だ。でもいい子すぎる気もするのだ。もう少し、わがままを言ってもいいように思うのに。

「とりあえず今後も気をつけて過ごそうね。お父さん」

「ああ、そうだな」

くり子を外の公園や遊園地に連れていってあげられるのは、もう少しあとのことになりそうだ。これからも妹をしっかり守っていかないとね。

†

その後の数週間ほどは、特に何事もなく平穏に過ぎていった。

「あっ、今日提出のレポート、忘れちゃった」

小夜さんにくり子の子守りをお願いし、登校するために家を出て、角を曲がったところで忘れ物に気づいた。まだ時間に余裕があったので、家に取りに戻る。小走りで家に帰るとキッチンの窓から、くり子が顔をのぞかせていることに気づいた。窓枠に手をかけたくり子は、顔を少し見せたり、ひっ込めたりしている。体が小さいから、ぴょこぴょこと跳びはねているのかなと思ったけれど、そうではなかった。くり子は顔を外に向けた時はすばやく周囲を観察し、誰もいないことを確認してから外を飛ぶスズメやカラスを見ていたのだ。電線に並んでとまるスズメたちを見て、嬉しそうに微笑んでいる。やがて保育園か幼稚園に登園途中の親子連れが通りかかると、慌てて顔を隠した。それでも目だけそうっと、親子を見ている。

「いいなぁ、おそとにでれて」

幼い妹の、心の声が聞こえた気がした。

くり子、気づいているんだ。悪いヤツに、ねらわれているのは自分だって。だからあんなにも慎重に外を見ている。ターゲットは自分だと理解しているから私たちにわがままも言わず、じっと我慢している。

おとなしく耐えていても、くり子が外に出たいという思いまでは消せるものじゃない。だから誰にもわからないように気をつけながら、少しだけ外を眺めているんだ。

登園途中の親子連れが見えなくなると、くり子は小夜さんに名を呼ばれたのか、後ろを振り返り、居間のほうへと走っていった。

くり子は確かに少しだけ成長したかもしれない。けれどそれは、私やお父さん、小夜さんを困らせないようにするためだった。外に出られないのは、自分が半妖の子で、特別な銀の鬼だと知ってるから……

くり子本人に聞いて確認したわけじゃない。けれどそうとしか思えなかった。

ああ、くり子はきっと泣きたいぐらい我慢してるんだ。

公園や遊園地で、元気いっぱい遊びたいのに。同じ年頃の子がいる保育園にだって興味があるだろう。

でもくり子は文句ひとつ言わない。家の中で、おとなしく過ごしている。あんなに小さな子が、外に出たいとは言わずに……

胸が締めつけられそうなほど、切なく、苦しかった。

「ごめんね、くり子。あと少し、きっとあと少しだから」

青い鬼の男の素性がわかれば、外に出られるようになる。そう思いたい。

「でもその後は？　夜の公園なら、たまに行けるかもしれない。あとはずっと家の中で過ごさせておくの？　くり子が大人になるまで？」

答えはなかった。誰も教えてはくれなかった。

「学校……高校へ行かないと……」

忘れ物があったことなど、私の頭の中から消え失せていた。

家事や子育てに忙しくても、私には学校という外の世界がある。高校なら、私はごく普通の女子高生になれるし、友だちとも楽しく過ごすことができる。

でも、くり子は……？

「ごめんね、くり子。ごめんね……」

心の中で幼い妹に詫びながら、私は学校へとひたすら走り続けた。


その日は学校が終わっても、すぐに家に帰る気になれなかった。どんな顔をしてくり子に「ただいま」って言えばいいのか、わからなかったから。

かといって友だちと遊びたいとも思えず、なんとなく駅近くの書店へと向かった。

駅近くにある書店は絵本や児童書の取り扱いも多く、いずれくり子をここに連れてきてあげたいと思っていた。

「何か適当な絵本を買っていってあげようかな……」

と思ったものの、棚には実に様々な絵本があり、どれを選んでいいのかさっぱりわからなかった。適当な絵本を棚から引っぱり出し、ぱらぱらとめくってみる。手にした絵本は、うさぎの女の子がお姫様のドレスに憧れ、ママのワンピースやカーディガン、ネックレスや指輪などをこっそり借りてドレスアップしていく、という物語だった。母親のワンピースだから大きすぎて床に引きずるほどなのに、うさぎの女の子には優雅なドレスに見えているのだ。おすまし顔でポーズをとるうさぎの女の子が可愛くて、眺めているだけで微笑ましかった。

「このうさぎの女の子、くり子に似てる気がする。可愛い……」

絵本をぱらぱらと見ていると、スマホにメッセージが届いていることに気づいた。送り主は小夜さんで、くり子と一緒に恥ずかしそうにポーズをとっている画像が添えられている。

くり子はにんまりと楽しそうに笑っていた。

『くり子にせがまれて写真を撮りました。杏菜さんに送信してほしいと頼まれましたので、送りますね』

小夜さんの丁寧なメッセージの次に、謎の文章が添えられていた。

『おね　ちや　すき。まつ　ね』

最初は意味がわからなかったけれど、何回か読み直してやっと気づいた。

意味はおそらく、『おねいちゃん、好き。待ってるね』だ。このメッセージを作成したのは、くり子なのだろう。

『おかしな文章でごめんなさいね。実はくり子は文字を少しずつ学んでいます。杏菜さんや山彦さんにメッセージを送れるようになりたいのですって。おふたりを驚かせたいから、内緒にするよう頼まれていました』

サプライズなメッセージを送るために、くり子は小夜さんから文字を習い始めていたのだ。

私とお父さんを喜ばせたいから——

「くり子……」

目頭が熱い。ここが書店でなければ、涙をこぼしていたかもしれない。

「売ってる絵本を、涙で汚したらダメだもんね。待ってて、くり子。絵本を買って、すぐに帰るから」

くり子が外に遊びに行きたいのを必死に我慢してるのは、私やお父さんと一緒にいたいからだ。あんなに小さな子が頑張ってるのに、姉の私がめそめそしてどうするの？　妹のために、できることをやっていこう。

「さっきのうさぎの絵本は買うことにして。あとはこの恐竜の男の子の絵本も買おう。

ホットケーキが出てくる絵本もいいな。あとこれも……」

気づけば、私は数えきれないほどの絵本を腕に抱えていた。今月と来月のお小遣いがほとんど消えちゃうけど、かまうものか。くり子が喜んでくれるならそれでいい。

「早くレジに行かなくちゃ」

たくさんの絵本を落とさないよう注意して、よたよたと進んでいたからだろうか。レジに向かう途中で、誰かにどしんとぶつかってしまった。

「きゃっ」

「うおっ」

ぶつかった衝撃で、手にしていた絵本たちがバサバサと床に落ちてしまった。

「すみません！」

体当たりしてしまった相手に詫びながら、床に散らばった絵本をかき集めていく。

「これも、落としたっすよ」

「すみません、ありがとうございます」

私がぶつかった相手は、背の高い男性だった。筋肉質な体型に青いTシャツをまとい、深めの帽子をかぶっている。

「絵本、いっぱいっすね。全部買うんすか？」

「はい。妹への贈り物なんです」

「へぇ。いいっすねぇ〜」

絵本を抱え直しながら、帽子をかぶった男性の問いに何気なく答える。落とした絵本をすべて集め終えて立ち上がった時には、ぶつかってしまった男性の姿はもうなかった。

「あれ、さっきの人は？」

絵本を一緒に集めてくれたこと、もう一度お礼を言いたかったんだけどな。

レジカウンターで絵本の支払いを済ませ、いくつかの紙袋に分けて入れてもらいながら、絵本を受けとった妹の姿を想像した。

くり子、喜んでくれるかな。こっちも嬉しくなるくらい、笑顔になってくれるといいな。遊園地に行った時のように。

「そういえば、さっきの男性の口調、どこかで聞いた覚えが……」

落としてしまった絵本を集めることに必死で、ぶつかった男性の顔をよく見ていなかった。けれどヤンキー風の独特の話し方を、私は知っていた。

「さっきの人ってまさか……おばけ屋敷の青い鬼の男？　そ、そんなわけないよね。似てたのは口調だけだし」

私の勘違いだと思ったけれど、不安な気持ちは拭《ぬぐ》えなかった。

書店を出たところで周囲を見渡し、先程の男性がいないかどうか、よく確認する。

「うん、いない。やっぱり気のせいね」

きっと、偶然似たような話し方をする人だったのだろう。

「早く帰ろう。くり子が私を待ってる」

絵本の重みで、ずっしりと重くなった紙袋を両手で持ち、我が家へと向かった。


「おねいちゃん、おかえんなちゃい」

「杏菜さん、お帰りなさいませ。あらあら。すごい荷物ですね」

小夜さんはさっと手を差し出し、絵本が入った紙袋を受けとってくれた。

「小夜さん、遅くなってごめんなさい。ちょっと寄り道してたものですから」

「いいですよ。お気になさらず」

紙袋の中身をちらりと見て、くり子への贈り物だろうと察した小夜さんは、くり子に見えないように居間へと運んでくれた。

「それではわたくしはこれで失礼しますね」

「待ってください、小夜さん。今お茶を淹《い》れますから」

「おかまいなく。せっかくの贈り物ですもの。おふたりだけで楽しく過ごしてください」

微笑んだ小夜さんは軽く会釈《えしゃく》をして、野々宮家を去っていった。小夜さんは、私とくり子、お父さんが仲良く暮らせるよう、いつも気遣ってくれる。

「くり子、おいで」

妹を呼び寄せ、絵本が入った紙袋をくり子の前に置いた。

「今日はね。おねいちゃんから贈り物があるんだよ」

「なぁに？」

わくわくした表情で、紙袋の中をのぞき込む。

「出してごらん」

私が言うと、くり子は紙袋に小さな手を入れ、絵本を取り出した。

「わぁ。えほん、だぁ！　あっ、たくさんあるぅ。これ、くり子もらって、いいの？」

「うん。文字を勉強し始めたくり子におねいちゃんからプレゼント」

「わぁい！　ありあと、おねいちゃん！」

真っ先に手にしたのは、私もいいなと思った、うさぎの女の子の絵本だった。

「このこ、かわい！」

うさぎの絵本、くり子も気に入ってくれたみたい。良かった。

「読んであげようか？　それとも自分で読んでみる？」

するとくり子は、うさぎの絵本を持ったまま、私の膝にすとんと腰を下ろしたのだ。

「おねいちゃん、よんで？」

後ろを振り返るように、私を見上げて甘えてくる妹は、たまらなく可愛かった。

「しょうがないなぁ。おねいちゃんが読んであげる」

「うん！」

うさぎの女の子の絵本を読み聞かせてあげると、くり子は目を輝かせて絵本を見つめている。

「わぁ、どれす。くり子もきてみたい」

「うさぎのこ、かわい」

などと呟《つぶや》きながら、わくわくした表情で絵本を見ている妹を見つめた。

これからも、おねいちゃんが、お父さんが、くり子を守るからね。だから甘えたい時は、うんと甘えていいんだよ。

うさぎの女の子の絵本を読み終わる頃、家のインターホンが鳴った。

「お父さんが帰ってきたのかも。くり子、ちょっと待ってて」

「うん」

うさぎの絵本をくり子に持たせ、モニター画面で確認した。すると門のところに立っていたのは父ではなかった。

『お届け物でーす。荷物が大きいので、開けてもらえますか』

どうやら、宅配便のようだ。

「今行きます」

絵本に夢中なくり子を目で確認したあと、印鑑を持って玄関へと向かった。

お父さんが何か注文していたのかな？　ひょっとしたら、お父さんもくり子のために何か贈り物を頼んでいたのかもしれない。

「今開けます」

父が娘のために何か注文したのだろうと思い込んでしまった私は、疑うことなく玄関の扉を開けてしまった。

扉の前に立っていたのは、帽子を深めにかぶった背の高い男性だった。筋肉質な体に、青いTシャツを着ている。男はなぜか手ぶらだ。大きな荷物なんて持ってない。

「え……？」

今さっき、大きな荷物があるので開けてほしい、って言ったよね。荷物はどこにあるの？

「あの」

不思議に思い、男性に声をかけようとした瞬間。背の高い男は片手を伸ばし、すばやく私の口を塞いだ。もう片方の手で私の肩を抱えると、玄関の中へと引きずり込む。私は玄関の扉がゆっくりと閉まるのを、呆然と見つめることしかできなかった。

私の肩を抱え、口を塞いだ男はささやくように話しかけてきた。

「また会えたっすね。『おねいさん』？　捜したっすよぉ」

ヤンキーのような、独特のなれなれしい話し方。その口調には覚えがある。そっと目線だけを動かし、背の高い男を見た。私が見ていることに気づいたのか、男はにたりと笑った。

「いや～ほんっとに捜したっすぉ、おねいさん。あ、オレのことわかります？　おばけ屋敷で青い鬼になってたヤツっすよ。あの時は帽子を拾ってあげたっすよね。さっきは帽子じゃなくて、絵本だったすねぇ。おねいさん、本屋で絵本を山ほど抱えてたっす」

こちらが質問するまでもなく、背の高い男はぺらぺらと話し始めた。私から聞きたくても、口と肩をがっちり押さえられているため、声を出すこともできない。これまで感じたことのない強い力だった。

「あれからねぇ、おねいさんのこと、すっげぇ捜したんすよぉ。おねいさんと、あのかわゆい妹ちゃんにもう一度会いたくてたまんなかったっす。ところが、おねいさんがどこに住んでるのか全然わかんなくて。オレ、なんであの時住所を聞いておかなかったんですかねぇ？　オレってバカっすよね。そらもう後悔したっす。ねぇ、おねいさん。おばけ屋敷で会った時、なんで住所を教えてくれなかったんすか？」

住所を伝えておかなかった私が悪い、とでも言いたげだった。初めて会った人間に、理由もなく住所を教えるはずもないのに。

「おばけ屋敷の仕事辞めて、すぐにおねいさんと妹ちゃんを捜したのに、どこにいるのかわかんなくて。仕事辞めてどれくらい経ったっすかねぇ。いやね、何度もあきらめようとしたんすよ？　でもそのたびに妹ちゃんのかわゆい笑顔が頭に浮かんで、あきらめられなかったんすよ。だって妹ちゃんは、鬼の子で、レジェンド級の存在になってる、『銀の鬼』っすよね？」

この男のねらいは、くり子だったのだ。くり子の正体に気づき、確認するために私と妹を捜し続けていたのだろう。なんて執念なの？

「妹ちゃんに会うのは、もう無理かぁって思ってたっすよ。そしたら今日、本屋の近くでおねいさんを見つけて。運命だって思ったっす。今度こそ逃がすもんかってあとをつけて、ようやくここを見つけたんす」

この男は書店で偶然私を見つけ、そのまま尾行してきたと言っていた。

私はあの時、どうして気のせいだなんて思ってしまったんだろう？　男の正体に気づいていれば、小夜さんに連絡したりして対策がとれたのに。たくさん買った絵本が想像以上に重くて、あとをつけてきている男がいるなんて、考えもしなかった。

「そしたら、家の中から鬼の女が出てくるじゃないっすか。鬼の女が妹ちゃんを守っていたんすよねぇ？　でももう、家の中にはいないっす」

鬼の女というのは、小夜さんのことだろう。小夜さんがいてくれれば、この男は我が家に襲撃してこなかったかもしれない。けれど小夜さんは、もういない。私とくり子の、家族の時間を大切にしてほしい、と帰っていってしまった。

「で、どうなんすか？　妹ちゃんは銀の鬼っすよね？」

背の高い男は私の顔をのぞき込み、無表情で聞いてくる。その顔はおそろしいほど冷淡で、何を考えているのかさっぱりわからない。

こんなよくわからない男に、くり子の素性を知られてはいけない、絶対に。

幼い妹を、私が守るんだ！

青いTシャツを着た背の高い男に視線だけ向けると、私の口を塞ぐ男の手を指差した。

「ん？　手を離せってことっすか？　ひょっとして妹ちゃんのこと、話してくれる気になったんすか？」

口を塞がれたまま、軽く頷いた。

「了解っす。でも叫び声をあげたりしたら、ダメっすよ？　そんなことしたらオレ、おねいさんのことを殴っちゃうかも」

　男はにたりと不気味に笑った。おそらく本気だ。うっかり叫んで助けでも呼ぼうものなら、殴られるだけじゃすまないかもしれない。

「んじゃ、離しますよぉ」

　私の口を塞いでいた手が、ようやく外された。肩は男に抱え込まれたままだけれど、話すことはできる状態だ。軽く息を吸い込むと、必死に声をしぼり出した。

「い、妹は普通の女の子です。銀の鬼なんて、知りません」

　手短に、けれどきっぱりと告げた。

　男からの返事は、すぐにはなかった。代わりに、私の肩を押さえる腕の力が強くなるのを感じた。

「おねいさん……オレ、嘘は嫌いっすよぉ……」

　ぎひひと笑いながら、私の顔に息をふきかける。男の口からは驚くほど生臭い匂いが漂ってくる。強烈な口臭に気が遠くなりそうだ。

　私の肩を抱え込む男が、徐々に怒り始めているのを感じていた。それでも私は、くり子が人間の女の子だと言い続ける。幼い妹を守るために。

「う、嘘じゃありません。妹は本当に……」

もう一度、男に伝えようとした瞬間。

「てめぇ、大嘘言ってんじゃねぇよぉ!!」

獣の咆哮《ほうこう》かと思うほどの声で怒鳴った男は、その勢いのまま私の体を玄関の壁に叩きつけた。身構えることもできず、壁にぶつけられた私はその衝撃で気を失いそうになった。

だめ……ここで気を失ったら、だれがくり子を守るの?

壁にぶつけられた背中が激しく痛むけれど、その痛みのおかげでどうにか意識を保つことができた。

「おねいさん、あんた、今の状況がわかってないいんじゃないっすか? しかたないっす。いっちょ、わからせてやるっすかねぇ……」

男が着ていた青いTシャツがむくむくと膨れあがり、ぱん、という音と共にはじけ飛んだ。ちぎれた服が宙を舞い、男の正体が私の前で暴かれていく。

筋骨隆々《きんこつりゅうりゅう》な体と青黒い肌、そして頭の上には黒い角が二本、そそり立つように生えていた。青黒い肌と黒い角を持つ異形の姿。男はまぎれもなく本物の鬼だったのだ。

同じ鬼であっても、白い角を持つ小夜さんとは雰囲気がまるで違う。小夜さんはほとんど人間と変わらない見た目だけれど、青い鬼は化け物としか言いようがない姿だ。

「おねいさん。見てのとおり、オレは鬼っす。最近は、『あやかし』とかっていうらしいすね。おばけ屋敷では、この正体をさらしても、だ〜れも疑わなかったっす。オレにとっては天職だったっすよ。でも、おねいさんと妹ちゃんのせいで、仕事を辞めるハメになったっす。だからもう鬼の里に帰るしかないんすよ。でもこのまま帰ると、オレ怒られるんす。だから手土産に妹ちゃんを連れていこうって思ったわけっす。伝説の銀の鬼なら、里の仲間も大喜びっすからねぇ。銀の鬼の力は、いろいろと利用できそうっすから」

実に身勝手な理由で、青い鬼はくり子を連れ去ろうとしているのだ。

冗談じゃない。こんな男に、くり子を渡すものか。

「か、帰ってください。妹は、この家に、いません」

もちろん嘘だけれど、どうにかごまかすしかない。

くり子、おねいちゃんが守るから、絶対に出てきちゃダメだよ？

「ああ？　もういっぺん言ってみ？」

「だ、だから妹は、この家に……」

そこまで言った時だった。

「おねいちゃん？　どしたのぉ？」

何も知らないいくり子が、私のほうへ歩いてきてしまったのだ。男の怒鳴り声が聞こえていたのなら、無理もないことかもしれない。

ぺたぺたと歩いてくる幼い妹の頭には、銀色の角が二本、はっきりと見えてしまっている。

「お、そっちから来てくれたっすねぇ。やっぱり妹ちゃんは、銀の鬼じゃないっすか。おねいさん、嘘はダメっすよぉ」

ああ、とうとうくり子の素性を知られてしまった。青い鬼であるこの男にだけは知られたくなかったのに。

「おねい、ちゃん……？」

もうこうなったら、私にできることはひとつしかない。たとえこの身がどうなろうと、妹を守るんだ。

震える足にありったけの力をこめて一歩前に出ると、青い鬼の男に抱きつくようにして、その身を押さえ込んだ。

「くり子、逃げて！　悪いやつがあなたを捕まえようとしてるの。ここはお姉ちゃんに任せて、くり子は外へ、小夜さんのところへ！」

大声を出すなと命じられていたのも忘れ、私は必死に叫んだ。非力な私の力で青い鬼を捕まえていられるはずはないけれど、くり子が逃げるまで時間稼ぎぐらいはしてみせる。

「おい……。オレは大声を出すなって言ったよなぁ？　どうやら本気でオレを怒らせたいらしいなぁ……」

青い鬼は私の頭を片手で掴んで、ひょいと持ち上げると、もう片方の手で私の首を握った。ぎりりと首を絞め上げられ、少しずつ気が遠くなっていくのを感じる。手足の力が抜けていく。くり子が逃げるまで、どうにか男を押さえておきたいのに、もうどうにもならなかった。

ごめんね、くり子。おねいちゃんはここまでみたい。せめてあなただけでも、安全なところへ逃げて……

視界が涙でにじみ、意識が消えそうになった時だった。

青い鬼の男のうめき声が聞こえ、首を絞める力が少しだけゆるめられた。不思議に思い、かすかに目を開けると、青い鬼は苦痛で顔をゆがめている。

「おねいちゃんを、くり子のおねいちゃんを、いじめうなぁぁ！」

信じられないものが私の視界に飛び込んできた。青い鬼の脇腹に、くり子が思いっきり噛みついていたのだ。幼い妹の口元には、頭の角と同じ銀色の牙が、きらりと光っていた。くり子は唸り声をあげながら、必死に青い鬼の脇に噛みついている。半妖の鬼の子とはいえ、幼い妹にできる攻撃手段は、牙による噛みつきしかなかったのだろう。

青い鬼の力が少しだけ弱くなっても、私の首を離してはいない。くり子の噛みつき攻撃は、男にあまり効いてないんだ。反撃されれば、今度はくり子の身が危険だ。

「く、くり子……おねい、ちゃんのことは、いいの……。に、にげてぇ……」

首を絞められた状態のまま、必死にくり子に語りかける。首を絞められ、呼吸さえままならず、声がかすれてしまっている。

「やらっ！　くり子、おねいちゃん、たしゅけるっ！」

妹は私を助けたくて必死だった。私がくり子を守りたいように。

「く、くり子……」

妹へ、必死に手を伸ばした。頭を撫でて、落ち着かせてあげたかった。どれだけあがいても、くり子に手が届かない。力がこもらない手足では、くり子を撫でてあげることもできない。不甲斐なくて、悲しくて、涙があふれ出すのを止められなかった。

「おねいちゃんを、はなしぇぇぇ！」

くり子は自分の牙を青い鬼の肌にさらにめり込ませようとしたけれど、妹の攻撃はそこまでだった。

「いってぇぇなぁぁ！」

私の頭を掴んでいた手で、くり子を脇腹からあっさり引き離すと、青い鬼は情け容赦なく幼い妹を壁に叩きつけた。

「きゃう！」

くり子は小さな叫び声をあげ、その場にくずれ落ちた。

「く、くり子……」

くり子の名を呼んでも反応がない。私は息も絶え絶えな状態で、必死に妹の姿を確認する。くり子はぴくりとも動かなかった。完全に意識を失っている状態だ。

「あ～、いってぇなぁ！　いきなり噛みつくなんて、乱暴な妹ちゃんっすねぇ。どういう教育をされてるんすか、おねいさん？」

自らの乱暴な行為を悪びれることなく、青い鬼は私を一方的に責め始めた。

「小さい子の教育はぁ、もっとこう、しっかりやらないとダメって思うんすよ。おねいさん、妹ちゃんを甘やかしすぎなんじゃないっすかぁ？」

人の家に勝手に押し入り、襲ってくるようなヤツに、幼児の教育方針を諭《さと》されたくない。こんな男に、子育ての何がわかるというのだろう？

「妹ちゃんの失礼な行為はぁ、おねいさんが責任をとるべきじゃないっすか？　なぁ、おねいさん、謝ってくださいよ」

この男は何を言ってるの？　私の首を絞め、幼い妹を壁に叩きつけて気を失わせたのに。なのになぜ、私が謝らなくてはいけないの？

「どうなんすか、おねいさん。謝らなかったら、オレ、妹ちゃんに何するか、わかんねぇっすよ？」

青い鬼に私が詫びる理由なんてない。でもここで謝らなかったら、くり子の身が危険だ。謝るしかないのだ。どれだけ悔しくて、不条理でも。妹を守れるのは私だけなのだから。

「ご、ごめ、なさい……」

「あぁっ？　聞こえねぇっすよ？」

青い鬼は生臭い息を私に吹きかけながら、私の目をのぞき込む。ありったけの力をこめて叫んだ。

「ごめん、なさい！　すべては姉の私が、悪い、です。だからお願い。妹は、妹だけは助けて……」

懇願することしかできなかった。みじめで悔しくて、涙がぽろぽろとこぼれてくる。

「はぁ。可愛い妹ちゃんのために、姉が泣きながら謝る。いいっすねぇ。姉妹愛ってヤツっすか？　オレ、そういうのに弱いんすよぉ。だから特別に許してあげるっす。そうっすね、おねいさんの左腕一本、オレに差し出すってことで、どうっすか？」

最初は意味がわからなかった。私が左腕を差し出す？　どういうこと？

「さっきから思ってたんすけどね。おねいさんの腕、細くて白くて、すべすべで、見てるだけでヨダレが出るっす。だから喰っていいっすか？　ああ、安心してくださいよぉ。左腕がなくなったって死にゃしませんよぉ。たぶんね？」

青い鬼に左腕を差し出す、ということの意味を理解した私は、絶望と恐怖で体も心も凍りついていく。左腕を鬼に喰われる。その痛みを想像するだけで恐ろしい。

ちらりと倒れた妹に視線を向けると、くり子はぐったりとしたまま、ぴくりとも動かない。はやく、早く妹を助けてあげないと、死んでしまうかもしれない。あの子を守れるなら、腕が一本なくなったって後悔はしない。

左腕を犠牲にする決意をかためると、青い鬼をにらんだ。ゆっくりと腕を男の前に差し出していく。

「ど、どうぞ。でも約束、して、ください。妹には、手を出さない、って。私の腕を食べたら、このまま帰って、ください。おねがい、します……」

青い鬼の瞳が怪しく輝き、にたりと笑った。

「なんとも健気《けなげ》っすねぇ。おねいさん、可愛いっすよ。そのかわゆさに免じて、特別におねいさんの左腕だけで勘弁してやるっすよ……」

青い鬼が約束を守ってくれる保証はない。けれど今は、私の左腕だけが最後の希望だった。

「んじゃあ、いっただきまーす」

青い鬼の口が、がばっと開き、ぎらりと光る牙がゆっくりと私の左腕に向かってい
く。歯を食いしばり、目をぎゅっと閉じて、痛みを受け入れる覚悟をした。

「いってぇぇ！」

叫んだのは私ではなかった。痛みを訴えたのは、青い鬼のほうだった。

「チビ、何しやがるっ！　うがっ、うぉう！」

青い鬼が怒鳴っている。状況がわからず、そっと目を開けると、青い鬼は襲われて
いた。小さな獣のような存在が、長い爪と牙で青い鬼に何度も飛びかかり、何度も攻
撃しているのだ。

「く、くり子……？」

小さな獣のような存在は、くり子だった。けれど妹はくり子のようであって、くり
子ではなかった。

ふわふわの栗色の髪の毛が長く伸び、床につくほどになっている。頭の銀色の角が、
絶望を照らす光のように輝いていた。牙も爪も怪しく輝きながら、鋭く伸びている。
灰色の瞳までも鈍く光り、全身が異様な輝きでつつまれていた。

私の目の前にいるのは、小さな鬼だった。銀色の光を帯びた、くり子という名の銀

の鬼。

愛らしくて可愛い、幼い妹は、もうどこにもいなかった。

「クアァァ！」

獣の咆哮《ほうこう》のような声をあげたかと思うと、銀の鬼と化した妹は青い鬼に襲いかかる。

そして、鋭い爪と牙で、青い鬼を次々と傷つけていった。

「うぁ、くぅ、いってぇ！」

青い鬼は手を伸ばして銀の鬼を捕まえようとするけれど、すばやく動く小さな鬼は捕まらなかった。

「ち、ちきしょ」

傷と痛みに耐えかねたのか、青い鬼はついに私の首から手を離した。急に解放された私は、その場でへたり込んでしまう。

「くそぉぉ！」

青い鬼が再び私に手を伸ばした瞬間、小さな銀色の鬼がすばやく飛び込み、私の前に立ち塞がった。

「ガァッ！」

私をかばうように、目の前に立った小さな鬼。青い鬼の足にねらいを定め、爪と牙で次々と切りつける。

「くそぉ！　チビのくせに、なんて攻撃力だ！」

足への攻撃は青い鬼にとって不意打ちだったようで、なす術《すべ》なく、その場で倒れた。

銀色の鬼は、その隙を見逃すことなく首元に飛びつき、深々と噛みつく。

青い鬼はくわっと目を見開いたかと思うと、太い腕がぱたりと地に落ち、そのまま動かなくなった。

「えっ、なに……？」

いったい何がおきて、どうなったのか。震え続ける私には、すぐには理解できなかった。

「ウガァァ！」

銀色の鬼のうなり声で、ようやく我に返った。

倒れた青い鬼の上に乗った小さな鬼は、さらに爪で傷をつけていく。恐ろしい形相と姿をした銀色の鬼。

あれが、あの鬼が、私の妹のくり子なの？　嘘でしょう？

私の可愛い妹は、どこに消えてしまったの？

「あ、あなた、くり子、だよね？　もうやめよう。そいつは意識を失ってるよ？」

おそるおそる声をかけてみたけれど、小さな銀の鬼は男への攻撃をやめる気配がない。それどころか微笑みながら、嬉々とした様子で倒れた青い鬼を傷つけ続ける。いたぶるおもちゃを見つけた獣のようだ。それはまさに鬼の形相で、くり子が見知らぬ化け物に変わっていく気がした。

「だ、だめ。くり子……」

止めなくては、妹を。

このままではきっと、取り返しのつかないことになる。

ふらつく体に力を入れ、どうにか意識を保ちながら、うなり続ける妹の背中を抱きしめた。

「くり子、おねいちゃんはもう大丈夫だよ。ケガもたいしたことない。だからもうやめなさい。くり子は、おねいちゃんの妹でしょ？　お願いだから、私のお願いを聞いて」

小さな銀の鬼の手が、ぴたりと止まった。ほっとした次の瞬間、銀の鬼はさらに激しく叫び出した。

「くぁぁぁ！　がぁぁ！」

爪が伸びた小さな手で自分の頭を抱え、銀色の鬼は苦しげにうなり続ける。その姿は、とても苦しそうだった。

「お、おねちゃ……」

あえぐように、小さな鬼は私を呼んだ。

「くり子？　私のこと、わかるの？」

うなりながら、銀の鬼は私に向かって片方の腕を伸ばす。

「おねい、ちゃ……たすけ、て……。もど、れ、ない……」

くり子は姉である私に助けを求めていた。

差し出された小さな鬼の手を、私は夢中で掴んだ。爪が鋭く伸びているけれど、その手は私がよく知っている、妹のものだった。

「もどれないって、くり子。元の姿に戻れなくなってしまったの？」

くり子は苦しそうにうめきながらも、こくこくと頷いた。

「わか、ない……。どした、ら、もど、る……？」

たどたどしく説明する妹の言葉で、状況を少し知ることができた。くり子はわからなくなってしまったのだ。銀の鬼の姿から、元の愛らしい幼女の姿に戻る方法を。

甘えん坊のくり子が、自ら望んで恐ろしい形相の鬼になるはずがない。

「私のため、だよね？　襲われていたおねいちゃんを守るために、くり子は鬼の姿に……」

きっと無我夢中だったのだろう。なんとしても姉の私を救わねばと必死になった結果が、今の姿なのだ。

「私のせいだ……。ごめんね、くり子。待ってて、小夜さんに連絡するから！」

残念ながら人間でしかない私に、鬼と化したくり子を幼女に戻すことはできない。

私にできることは、鬼の一族である小夜さんに連絡して、こちらへ来てもらうことだ。

彼女ならきっと、なんとかしてくれる。助けを呼ぶことしかできない自分が悔しくて情けないけれど、今は妹を助けるために、できることはなんでもするんだ。

震える手でスマホを取り出して連絡すると、小夜さんはすぐに出てくれた。

「小夜さん、助けて……。くり子を助けてください！　私を守るために、くり子は鬼の姿になったんです。どうか妹を、元の姿に戻して。くり子が苦しんでるんですっ！」

突然の救助要請ではあったけれど、私とくり子に何か起こったのだと小夜さんは理解してくれたようだ。

『杏菜さん、何かあったのですね？　今からすぐそちらへ向かいます。山彦さんにも連絡しておきます！』

「はい、待ってます。はやく、できるだけ早く来てください。お願い、くり子を助けて……」

一度電話を切ると、くり子のほうへ体を向け、両手をひろげて妹を抱きしめた。

「くり子、大丈夫だよ。おねいちゃんが、ついてる。小夜さんもすぐに来てくれるから、もう少しの辛抱だよ」

しっかりと抱きしめたことで、鬼と化したくり子は少しおとなしくなったように感じた。だがしばらくすると、再びうなり声をあげ、私の腕の中でくり子はじたばたと暴れ出した。くり子も心の中で葛藤《かっとう》しているように感じた。

「くり子、必ず元の姿に戻れるからね。おねいちゃんが買ってきた、うさぎの絵本あったでしょ？　あの本、おねいちゃんも好きなの。一緒に読もうね。だってくり子は、私の大切な妹だもの」

私の必死な呼びかけに応えるように、くり子の動きが再び止まった。そっと顔をのぞき込むと、その目からは涙がぽろぽろとこぼれ落ちていた。

「いも、うと……。くりこ、いもう、と。いもうと……」

鈍く光る目から涙が次々にあふれ、自らに言い聞かせるように、くり子は「いもうと」という言葉をくり返し続ける。

「そうだよ。くり子はおねいちゃんの妹なの。ある日突然、半妖の妹なんだってお父さんが連れてきて、びっくりしたよ。でも今は私にとって、かけがえのない存在なの。お父さんだって同じだよ。くり子が半妖であっても、鬼の子であっても関係ない。私たちは、家族なの」

銀の鬼となったくり子が、体をぷるぷると震わせている。

「ひぅぅん」

子犬のような声をあげ、くり子は私の体に顔をこすりつけた。なんとかして自分を落ち着かせたいのだろう。くり子も自分自身と必死に戦ってるのだと感じた。

「くり子、頑張って。おねいちゃんが支えるから、負けないで！」

くり子を抱きしめる腕に、さらに力をこめた時だった。突如、私の腕に痛みが走った。

「いたっ」

驚いて痛んだ箇所を確認すると、くり子が私の腕に噛みついていたのだ。

「ううう〜」

とがった牙が私の腕に食い込み、血があふれ出している。少しずつめり込んでくる牙の痛みにどうにか耐えながら、それでも妹を抱く腕を決して離さなかった。

「苦しいんだね、くり子。おねいちゃんを噛んで楽になるなら、噛んでいいからね……」

血がぽたぽたと滴《したた》り落ちていく。痛みと混乱で気が遠くなりそうだ。

「戻ろう、くり子。元の姿に。くり子ならできる。私の、いもうとだもの」

うなりながら、涙をこぼす妹を抱き、私も共に泣いた。ぎゅっと目を閉じ、必死に祈った。

お願い、神様。くり子を元の姿に戻してください。

天国にいる私のお母さん。今もきっとどこかにいる、くり子のお母さん。どうか力を貸してください。くり子は私の大切な妹なの。

「お願い、だれか！　くり子を助けてっ！」

力の限り叫んだ。その時だった。

くり子の頭にある銀色の角が、輝き始めたのだ。その輝きは青い鬼と戦っていた時とはちがって、いたわるような優しい銀色の光だった。やがてその光は少しずつ大きくなり、私とくり子をそっとつつみ込む。

あたたかい……

まるで、お母さんに抱きしめられていた時みたい……

私たちのすぐ近くに、だれかの気配を感じた。

だれ……？

光の中で最初に感じた存在は、私の母のものだった。天国に旅立ってしまったお母さんが私の腕をさすり、傷を癒《いや》してくれているのを感じた。

次に感じたのは、小夜さんによく似た雰囲気の、美しい女性だった。愛おしそうに、くり子の頭を撫でている。すると長くなっていたくり子の銀色の角が、しゅるしゅると短くなっていった。美しい女性の手はくり子の口元へ移動し、銀色の牙にそっとふれた。とがった牙がゆっくりと小さくなっていく。牙が元の形に戻っていくことで、私の腕からも牙が抜けていった。

「だえ……？　おか、しゃん……？」

くり子は、『お母さん』と言った。その言葉で理解した。妹を撫でているのは、くり子の母親の野分さんなのだと。小夜さんによく似ているけれど、髪型や雰囲気が少しだけ違っていた。

野分さんは優しく微笑み、くり子をそっと抱きしめた。くり子の顔から悪鬼のような恐ろしい形相は少しずつ消えていき、元の愛らしい幼女へと戻っていく。苦しげな表情も徐々に楽になっている様子だ。

銀色の光の中にいたのは、私とくり子、そして、それぞれの母親だった。私たちを守り、癒《いや》してくれている。

それは痛みと心からの願いが見せた、ただの幻覚なのかもしれない。けれど、くり子が少しずつ愛らしい幼女へと戻っていくのは確かだった。

銀の鬼の姿から、可愛い妹へと完全に変わると、野分さんは満足そうに微笑んだ。

「ま、まって……おかあ、さん……」

夢でも、幻覚でもかまわない。もう少しだけ母たちに、そばにいてほしかった。

野分さんと、私の母の姿は、銀の光の中に溶けるように消えていき、最後にはくり子の銀色の角の中へと吸い込まれていった。

銀色の輝きが完全に消えてしまった頃には、くり子はすぅすぅと軽やかな寝息をたてながら眠っていた。その寝顔は、私がよく知っている幼い妹のものだった。

「よかった……くり子……」

私が妹の名を呼んだ時、どたどたと走ってくる音が聞こえた。

「杏菜さん、くり子、大丈夫ですか！」

「杏菜、くり子！　おとーしゃんが来たぞぅ！　もう大丈夫だっ！」

走ってきたのは、小夜さんとお父さんだった。ふたりの姿を見た私は、ようやく安堵した。もう大丈夫だ。心配ない。そう思った瞬間、ゆっくりと気が遠くなり、父と小夜さんに支えられたまま、意識を失ったのだった。

†

静かに目を開けると、父が私を心配そうに見下ろしていた。

「おとう、さん……？」

　どうやら私は布団で寝ていたらしい。なぜ布団で横になっているのか、すぐには理解できなかった。

　私が熱を出して寝込むと、お父さんやお母さんがこうして見守ってくれていたっけ。なんだか懐かしい。ぼんやりと昔のことを思い出していた。

「杏菜、気づいたのか？　痛いところはないか？　もう大丈夫だからな！」

「いたい、ところ……？」

　なんの話？　と聞こうとして体を少し動かしたとたん、腕がずきりと痛んだ。痛いのは腕だけでなく、体のあちこちがずきずきしているのを感じる。そっと腕を布団の中から出すと、腕には白い包帯が巻かれていた。

「え、包帯？　なん、で……？」

　ずきんと痛みが走った瞬間、銀の鬼となったくり子が、私の腕に噛みついたことを思い出した。青い鬼に襲われ、くり子は私を守るために、銀の鬼と化したことも。

「お、お父さん。くり子は、妹は大丈夫？　ケガはしてない？」

　父の袖口を掴み、くり子の安否を確認した。

父と小夜さんが来たことで安心した私は気を失ってしまったので、その後のことは知らないのだ。

「落ち着け、杏菜。くり子は大丈夫だ。少しケガをしているが、問題はない。おまえのほうがひどい状態だったんだぞ？　腕は血まみれだし、首には絞められた跡があった。腕の傷は思ったよりひどくはなかったが」

お父さんが言うとおり、腕のケガはそれほど痛くなかったけど、首がじんじんと痛かった。そっとふれると、首にも包帯が巻かれていた。

「くり子が目覚めると、ケガをした杏菜の布団に潜り込もうとするだろうから、休む部屋は別にしたよ。くり子には小夜さんが付き添ってくれているから、心配はいらない」

お父さんにもう一度休むように言われたけど、とても寝てはいられなかった。

「くり子は元の姿に戻ってる？　あの子、銀の鬼になってしまったの。私を守るために」

「小夜さんが、もう心配はいらないって言ってたから、問題ないはずだ。あとな、杏菜とくり子を襲いやがった青鬼野郎は、小夜さんの仲間って人たちが連れてったよ。

くり子や杏菜の記憶を消してから、青い鬼の里に帰すそうだ。娘をいたぶったヤツだから、ぶっ殺してやりたいが、小夜さんに止められたよ」

「じゃあ、何もかも解決したってこと？　もう何も心配はないの？」

「杏菜とくり子の意識が回復すればな。杏菜もくり子も、丸三日間、ずっと眠っていたんだぞ？」

私とくり子が眠っていた間に、お父さんや小夜さん、小夜さんの仲間が対処してくれて、すべて解決したのだ。

くり子が無事だと聞いて、私はようやく落ち着くことができた。安心すると、今になって体が震えてくる気がした。

「お父さん……私、何もできなかったの。くり子が私を守るために、銀の鬼になったのに、苦しむあの子を救ってあげられなかった……」

「何を言うんだ、杏菜。おまえがいたからこそ、くり子は青鬼野郎に連れ去られなかったんだぞ？　おまえがくり子を守ったんだ」

「ちがう、それはちがうよ、お父さん。くり子を救ったのは、野分さんだった。私は何もできなかった……」

青い鬼が襲ってきた時、私がアイツに捕まっていなければ、くり子は銀の鬼にならずにすんだ。妹が鬼から人の姿に戻れなくて助けを求めていたのに、私はただ抱きしめてあげることしかできなかった。

「私……妹を、くり子を、守れなかった……。守れなかったよぉ！　お父さん！」

気づけば私は、大声で泣いていた。自分が情けなくて、不甲斐なくて、悔しくて涙があふれてくる。

「杏菜、自分を責めるな。おまえはよくやったよ。情けないのは、俺のほうだ。可愛い娘たちが危険な目にあっていたのに、父親である俺はそばにいてやることさえできなかった。青鬼野郎の後始末も、杏菜やくり子の手当ても、すべて小夜さんたちがやってくれた。父として、これほど情けないことはない……」

泣きじゃくる私の手を掴んだ父の手も震え、口からは嗚咽《おえつ》がもれていた。

「本当に大馬鹿野郎だよ、俺は。鬼の血を引く娘であっても、必ず無事に育ててみせると甘く考えていたんだ。その身勝手さが、こんな事件を招いてしまった……」

「ちがうよ、お父さんのせいじゃない。くり子を妹として守っていけるって思った私がダメだったの……」

懺悔《ざんげ》の言葉をくり返す父の体にしがみつき、共に泣いた。今はそれだけしかできなかった。大切な家族となったくり子を守ってあげられなかった事実が、私とお父さんの心に重くのしかかっていた。

しばし泣いていると、ぺたぺたと廊下を走る音が聞こえた。小夜さんが、「待ちなさい、くり子」と呼んでいるのが聞こえる。

「おねいちゃん、おとーしゃん！」

扉を開けて、部屋に飛び込んできたのは、くり子だった。その目は赤く、涙で濡れていた。私と父が嘆いていると気づいてしまったのかもしれない。

「わるいのは、くり子だよぉ。くり子のせいで、おねいちゃんがケガちたの。くり子、わるい子で、ごめなしゃい。オニの子でごめなしゃい」

くり子は泣きながら、私とお父さんにしがみついてきた。ぽろぽろと涙を流し続けている。

「ちがうよ、くり子のせいじゃないの」

「そうとも。くり子はいい子だ。悪い子のはずがないじゃないか」

私も父も、涙を手で拭《ぬぐ》うと、愛らしいくり子の頭を撫でた。

きっと、だれのせいでもないと思う。それでも事件は起きてしまった。

ぴぃぴぃと泣いていたくり子だったけれど、私と父に撫でられたことで安心したのか、また眠ってしまった。きっと泣き疲れたのだろう。私の布団に入れ、そっと掛け布団をかけた。

「杏菜さん、お体は大丈夫ですか？」

心配そうに声をかけてくれたのは、小夜さんだった。

「大丈夫です。まだ痛いところはありますが、そんなにひどくないみたいです」

「そうですか。良かった……。くり子を引きとめておけなくて、ごめんなさいね。おふたりの声が聞こえたのか、飛び起きて寝室を出ていってしまったんです」

「そうだったんですか……」

眠る妹の体を、布団越しにさすった。可愛い私の妹。安らかな眠りを邪魔したくない。

「あの、小夜さん。お聞きしたいことがあるんです。他の部屋で話しませんか？」

小夜さんは黙って頷いた。

「わかりました。わたくしからもお伝えしなくてはと思ってました」

くり子がぐっすり眠っているのを確認すると、私たちは別の部屋へ移動した。

「小夜さん。銀の鬼と化したくり子を救ったのは、野分さんだと思います。小夜さんによく似た方でした。野分さんがいなかったら、くり子は元の姿に戻れなかったと思います」

私の話を小夜さんは優しい眼差しで聞いていた。

「わたくしも驚きました。鬼の里へと帰ったわたくしに、杏菜さんとくり子の危険を知らせたのは、姉の野分の幻影でしたから。直後に杏菜さんから電話をいただき、すぐにこちらへ向かいました。そして、くり子を見てようやく悟りました。姉がなぜ、この世から消えてしまったのか」

そこでいったん言葉を止めると、小夜さんは姿勢を正し、私と父の顔を交互に見つめた。

「真実を申し上げたいと思います。杏菜さんと山彦さんにとっては辛いお話かもしれませんが、どうかお聞きくださいませ」

お父さんがごくんと唾を呑み込む音が聞こえた。

私たちは知らなくてはいけなかった。くり子の母親の野分さんが、どうなってしまったのかを。

「姉の野分は、娘のくり子が伝説の銀の鬼として、その身に強い力を有していることに、気づいていました。そしてそれは、くり子の身が常に危険にさらされるかもしれない、ということでもありました。強い力を有する銀の鬼の力を、利用しようとする者が現れる可能性があったからです。姉の願いは、娘のくり子が幸せになること。伝説の鬼の力など必要ないと考えたのでしょう。姉はくり子を守るため、ある決断をしたのです」

小夜さんの視線が、少しだけ下を向いた。彼女にとっても、きっと辛い話なのだろう。

「姉の野分は、自分が持つすべての力を使い、くり子の銀の角に、自らを封印したのです。銀の鬼の力を抑え、娘を守るために。くり子は伝説の銀の鬼でありながら、これまでその力は感じられず、体も驚くほど弱々しいものでした。普通の人間の幼女と変わらないぐらいに。その理由がようやくわかりました。姉の野分が、銀の角に自らを封じ込めることで、銀の鬼としての力を抑え込んでいたのです」

野分さんは失踪したわけでも、死んだわけでもなかった。

娘のくり子を守るため、自分自身を使って、銀の鬼の力を封印しようとしたのだ。

「我々あやかしにとって、自ら望んで封印されることは、その身の死を意味します。姉が山彦さんに事実を伝えなかったのは、杏菜さんのお母様をすでに亡くされていたからでしょう。二度も妻を亡くす経験を、愛する山彦さんに経験させたくなかったのだと思います。だから自ら失踪したかのように見せかけて、真実を知らせることなく、くり子を山彦さんに託したのでしょう。そうして愛する娘を、人間の少女のように普通に暮らさせてあげたかった。山彦さんなら、くり子を幸せにしてくれると信じていたのだと思います」

そこまで聞いた父は、目頭を手で押さえた。もしかしたら、泣いているのかもしれない。やがて手を離し、顔をあげたお父さんの目は赤くなっていた。

「小夜さん、教えてください」

父が小夜さんに聞いた。声はかすかに震えていたけれど、はっきりと伝えている。

「野分さんは娘を守るため、その身をくり子の銀の角に封印した。銀の鬼の力を抑え、穏やかに暮らさせるために。理屈はわかる気がします。でもその役目は野分さんじゃなければダメだったのですか？　彼女以外の別の存在、例えば俺が野分さんの代わりに封印されるわけにはいかなかったのですか？」

そこまで言うと、お父さんは何かに気づいたのか、辛そうにうつむいてしまった。

「いや……俺では無理だよな。ただの人間のおっさんでしかない俺に、野分さんの代わりが務まるはずがない。くり子の銀の鬼の力を抑えるなんてこと、できやしねぇ。ちきしょう、俺はくり子の父親なのに、どうしてこうも無力なんだ。不甲斐なくて泣けてくるよ……」

顔を下に向けたまま、お父さんは肩を震わせている。きっと自分自身を責めているのだろう。情けなくて、悔しくてたまらないんだ。今の私には、その気持ちがよくわかる。

「山彦さんのおっしゃるとおり、他の者が銀の角に封印されることは可能かもしれません。たとえば身内であるわたくしが、姉に代わって封印されることはできるでしょう。ですが、母親という存在が、自分が産んだ子を愛する思いは、きっとわたくしが考える以上に強いものだと思います。わたくしが姉の代わりに封印されても、無償の愛で娘を守ろうとする姉ほどはくり子を支えてあげられないような気がします」

小夜さんの説明は、野分さんの母としての愛情が痛いほど伝わるものだった。

「もしも姉が、他の者によって強制的に銀の角に封印されたとしたら。その場合は、どこかでいずれ封印が壊れてしまう可能性があります。姉自らが望んで銀の角に封印されるからこそ、深い愛情でくり子をしっかりと守ってあげられるのではないでしょうか。山彦さんや杏菜さんにとって、姉の行動は衝動的に思えるかもしれませんが、悩み苦しみ続けて出した結論だと、妹のわたくしは思っています」

小夜さんの話を聞いたお父さんは、涙を手で拭《ぬぐ》いとった。

「わかりました……。すぐに受け入れられるかどうかはわかりませんが、野分さんが、くり子の幸せを願っていたことだけはよく理解できました。話してくださって、ありがとうございます、小夜さん」

軽く頭を下げたお父さんは、立派だったと思う。

本当は野分さんに真実を打ち明けてほしかったのではないだろうか。父はごく普通の人間でしかなく、なんの助けにもならなかったとしても、野分さんを思う気持ちは本物だから。野分さんもお父さんを愛し、くり子と共に幸せになってほしいと願ったからこそ、何も告げることなく、銀の角に自らを封印したのだと思う。

愛し合う男女だからおきてしまったすれ違いなのか、人間とあやかしの恋だからなのか。本物の恋を知らない私にはよくわからなかった。

「もう少し、お話しさせてくださいね。青い鬼が襲撃し、杏菜さんが危険にさらされたことにより、封印されていた銀の鬼の力が目覚めてしまいました。杏菜さんを守りたいと願うくり子の思いはそれほど強いものだったのでしょう。姉の施した封印を解いてしまうほどに」

今度は私が泣いてしまう番だった。私がくり子を守りたいと思う気持ちと同じぐらい、もしかしたらそれ以上に、くり子は私を守りたいと願ったのかもしれない。だから封印されていた銀の鬼の力が目覚めてしまったのかもしれない。姉として、くり子を守りたかったのに、守られていたのは私のほうだった。我ながら情けないと思う。

「小夜さん、教えてください。最後に銀の光につつまれた時、見たように思うんです。くり子の母である野分さんと、私の母の姿を。お母さんが、私のケガを癒《いや》してくれたんです。あれはまぼろしだったのですか？」

もう二度と会えないと思ったお母さんに会えて嬉しかったけれど、あれは本物なのか、幻覚なのか、私にはわからなかった。

「さくらが？　死んださくらが、杏菜を救ったってのか？」

お父さんはお母さんの姿を見ていない。驚いて当然だと思う。

「そうだったのですか……。ひょっとしたら、杏菜さんの心を落ち着かせるために、杏菜さんのお母様のお力を、姉の野分が借りたのかもしれませんね。娘の幸せを願う気持ちは、同じでしょうから。だからきっと、幻覚ではないと思いますよ」

ああ、お母さんの姿を少しだけ見たのは、まぼろしではなかったんだ。亡くなった母は私の幸せを願い、ずっと守っていてくれたのかもしれない。くり子の幸せを願い、自らを銀の角に封印させた野分さんと同じように。

「お母さん……」

「さくら……」

とうとう耐えられなくなった私と父は、声を殺して、また泣いてしまった。

野分さんの決断が正しいものだったのかどうかは、私にも父にもわからない。けれどその思いが、くり子を守り、さらには私も守ってくれたのは事実だった。

私とお父さん、そして、くり子。

私たち家族は、これからいったいどうしたらいいのだろう？

その日の晩は出前をとって、家族三人で食事をした。

小夜さんも誘ったけれど、「今はご家族だけでゆったりお過ごしください」と言って、頭を下げて去っていった。

私もお父さんも、そしてくり子も、ほぼ無言で食事をした。くり子が我が家に来てからはずっと、賑やかで楽しい食事だったのに。

「ごちそうさま……」

好物のうどんも、ほとんど喉を通らなかった。

「杏菜、全然食べてないじゃないか」

「ごめんなさい。食欲なくて。部屋で休んでいい？　まだ体が痛いし」

「そうか……。わかった。くり子はおとーしゃんと寝ような」

くり子は私の顔を悲しそうに見つめていたけれど、何も言うことなく、こくりと頷いた。

「じゃあ、おやすみなさい」

「ああ、おやすみ。ゆっくり休むといい」

「おねいちゃん、おやすみなしゃい……」

くり子とはあまり目を合わせないようにしながら、自分の部屋に戻った。くり子を見ていると、後悔や自己嫌悪でいっぱいになって泣けてくる。だから今は、妹と一緒にいたくなかった。だって、あの子、泣いている私のこと、きっと心配するもの。

布団で横になっても、眠ることはできなかった。小夜さんから聞いた話を思い出し、ぼんやりと考え続けた。

「私、どうしたらいいんだろう……？」

最初は苦痛に感じた、くり子の世話や子守り。半分血の繋《つな》がった妹だからって、なんで私が世話をしないといけないの？　って思った。

でも今は、妹の成長が楽しみだし、くり子を通して、お父さんとの会話も増えた。毎日騒々《そうぞう》しくて、慣れない子育てに悩むこともあるけれど、それでも楽しかった日々。くり子だって、とても可愛い。これからも家族三人で仲良く暮らしていけると、信じて疑わなかった。

「あたりまえの日常が続くって、本当は奇跡みたいに幸せなことだったんだ……」

穏やかで満たされた生活が、ある日突然、消えてなくなることもある。お母さんが天国へ旅立って、嫌というほど実感していたはずなのに。くり子がこの家に来て、この生活はずっと続くと思ってしまった。

もしもまた、くり子が他の鬼や別のあやかしにねらわれることがあったら……。くり子を守りきれる自信はなかった。守りたいと思う気持ちはすごくあるけれど、現実はどうにもならなかった。今回だって結局は幼いくり子が鬼となって私を助けてくれた。鬼の姿から戻れなくて苦しむくり子を救ったのは野分さんだった。

可愛いくり子を、妹を守るためにはどうしたらいいのか。考えても考えても、答えはひとつしか出てこない。

眠ることができず、悶々《もんもん》と考え込んでいると、部屋の扉がコンコンと軽くノックされた。

「杏菜？　もしも寝てなかったら、少しいいかい？」

私の部屋に来たのは、お父さんだった。起き上がって扉を開けると、父はカップを二つのせたトレイを持っていた。

「杏菜が眠れないいんじゃないかと思ってな。はちみつ入りのホットミルクを作ってきたんだ。一緒に飲もう」

「ありがとう、お父さん。くり子は寝たの？」

「ああ。あの子もまだ体が疲れてるんだろうな。こてんと寝てしまったから心配するな」

はちみつ入りのホットミルクを受けとり、父とふたりで飲んだ。普通の温かい牛乳を、はちみつがまろやかな飲み物に変えていて、傷ついた体と心にゆっくりしみわたっていく。

「ホットミルク、美味しいね」

「ああ、そうだな」

お父さんはきっと、私と話をしたくてここへ来たのだろう。それは私も同じだった。けれど何から話せばいいのか、わからなかった。お父さんに、伝えなくてはいけないのに。

「あ、あのね。お父さん。実はね……」

ぽつぽつと話し始めた時だった。

「杏菜、そこから先はお父さんに言わせてくれ。俺が言わないとダメだと思うんだ。杏菜ときっと同じ答えだろうけど」

私もまた、お父さんが何を言いたいのか、なんとなくわかってしまった。父に顔を向けて頷くと、お父さんは小さく笑ってから話し始めた。

「くり子を、小夜さんがいる間《あわい》の鬼の里へ連れていこう。くり子が安全に、幸せに暮らすには、それが一番いいと思う。俺と杏菜では……きっとあの子を守ってやれない」

私たち家族にとって一番辛い答えを、お父さんは先に話してくれた。その優しさと心の強さが嬉しかった。

お父さんも私と同じ考えだったのだ。可愛いくり子の幸せを願うなら、これしか道はない、と思う。

「くり子、きっと泣くね……」

「だろうな。だから直前まで言わないでおこうと思う」

「鬼の里ならきっとくり子を守ってくれるし、幸せになれるよね？　小夜さんだっているし」

「ああ、きっと。そう信じるよ」

「そうだね。うん、私も同じように信じるよ」

くり子を鬼の里へ連れていく。それは私たち家族の別れを意味している。可愛い妹の成長を、愛らしい仕草や話し方を、すぐそばで見守ることはできなくなる。

「くり子が我が家に来て、大変だったけど楽しかったな……。あの子を守るには、私たちにできることは、きっとこれしか道はない、よね……？」

　私の視界が涙でぼやけていく。こぼれた涙を、止める気にはなれなかった。

「大切な人を守るためには、あえて離れなくてはいけないことってあるんだね。こんな悲しい守り方もあるんだって、私、知らなかった……」

　頭の中に浮かぶのは、私を「おねいちゃん」と呼び、甘えてくるくり子の姿だった。ちょっぴりわがままなところもあるけど、それもまた子どもらしくて可愛い。公園と遊園地が大好きで、おばけ屋敷でケラケラと笑う、ちょっと不思議な女の子。いくつもの思い出が、涙と共にあふれてくる。

　お父さんはカップをトレイに戻すと、私のすぐ隣に腰を下ろし、そっと肩を支えてくれた。

「泣きたかったら、今のうちにうんと泣いてくれ。お父さんが杏菜の涙を全部、受けとめるから。そして明日からは、くり子と笑って過ごそう。家族の思い出をいっぱい作るんだ。離れて暮らすことになっても、それぞれ幸せに暮らしていけるように」

「そうだね、お父さん。離れていても、私たちは家族だよね。くり子は私の自慢の妹だもん。お父さんの言うとおり、明日からは笑顔でくり子の世話をするね。でも今だけは……」

「ああ、わかってる。杏菜、お父さんはよくわかっている」

父の体も震えている。きっとその目は、涙でいっぱいになっていることだろう。見なくてもわかるよ。これでもお父さんの長女ですから。

「今だけは、泣かせて。お父さん、今だけは……」

父の肩に、体を支えてもらいながら、声を抑えて泣いた。眠っているくり子を起こさないように。

明日からは笑顔で、元気よく過ごそう。

くり子を笑って見送れるように――

最終章　わたしたちは家族です

眠れない夜を過ごした翌日、父は小夜さんに私たちの決断を話した。

「そうですか……。実はわたくしも鬼の里の長老や仲間とも相談して、くり子を鬼の里に引き取りたいとお話しさせていただこうと思っていたのです。山彦さんと杏菜さん、くり子の安全を思えば、それが一番いいと思います」

銀の鬼であるくり子を、人間の世界においておくのは危険、と小夜さんも判断したようだった。

「我々のことも考えてくださって、ありがとうございます。勝手なお願いと重々承知しておりますが、どうか娘のくり子をよろしくお願いいたします」

父は小夜さんに深々と頭を下げた。ひたむきで真剣な姿だった。

私も父と共に、頭を下げる。

「おふたりとも、どうか頭をおあげください。お願いをしなければいけないのは、こちらのほうです。くり子は姉の野分の娘なのですから」

「わたしはくり子の父親です。これから娘がお世話になるのですから、頭を下げてお願いするのは当然のことです」

お父さんはなおも頭を下げ続け、小夜さんは少し困ったような微笑みを浮かべている。

小夜さんもきっと、複雑な気持ちなのだと思う。

「これが永遠の別れではないのです。山彦さんや杏菜さんが、いつでも会いに来られるようにしますね。それに以前お話ししましたが、くり子が成長して、自分の角や牙を自在に操《あやつ》れるようになったら、人間の世界にもまた来られるようになりますから。わたくしのように」

くり子が小夜さんのような大人の鬼になったら、人間に擬態《ぎたい》することも上手になるらしい。けれどもそれは、少なくとも子ども時代は私たちと一緒に暮らせないという意味でもある気がした。

「お気遣いありがとうございます。ですが、くり子が鬼の里での暮らしに慣れるまでは、わたしたちも気軽に会いに行くことは避けたほうがいいように思うのです。そうしないとお互い別れの時が辛すぎますから」

父は顔をあげないまま、小夜さんと話している。その手はきつく握りしめられていた。

お父さんの言うとおり、会いに行くことはできても、これまでのように三人で暮らせるわけではない。会ってる時間はきっと楽しいけれど、離れる時のことを想像すると悲しくなる。会いたいからと頻繁にくり子のところへ行くことは、きっと妹のためにならないと私も思う。

「山彦さんと杏菜さんのくり子を思う気持ちとお覚悟、わたくしは決して忘れません。鬼の里の長老や仲間にも、しかと伝えますね」


お父さんと小夜さんの話し合いで、くり子を間《あわい》の鬼の里へ連れていくのは、およそ三週間後ということになった。その間、鬼の里では、くり子を受け入れる準備を進めるという。

あえて少し長めに設定されたのは、最後の時間を家族でゆっくり過ごしてほしいという小夜さんの配慮だと思う。三週間、小夜さんは毎日我が家に来てくり子の様子を確認し、鬼の仲間も我が家の周辺の警護をしてくれるそうだ。

「三週間あれば、それなりに思い出を作れるね、お父さん」

「そうだな。でもきっと、あっという間だろうな……」

伏し目がちに話す父の目はいまだ赤い。きっとひとりで泣いていたのだろう。愛する末娘を守るために、自ら子を手放さなくてはいけない親の思いは、私が想像する以上に辛いものなのかもしれない。

お父さんの気持ちを思うと、私までどんどん苦しくなってくる。私もできることなら、くり子と離れたくないもの……

でも今日からは泣いてる場合じゃない。くり子と楽しい時間を過ごして、たくさんの思い出を作るのだ。

「お父さん、家族三人で楽しいことをいっぱいしようよ。まずは家の中でできる遊びをしよう。ね？　お父さん」

私の言葉に耳を傾けていた父は、顔をあげ、にかっと笑った。

「杏菜の言うとおりだな。三人で楽しく過ごそう。でも家の中でできる遊びって何があるんだ？」

「まずはかくれんぼかな。くり子、かくれんぼ大好きなんだよ」

「鬼の子なのに、かくれんぼが好きなのか？」

「それ、私も思ったよ。でもお父さんの娘でもあるんだもん。きっといろんな遊びが大好きなんだよ」

「そっかぁ。きっとそうだな。俺の娘だし、きっと積み木遊びやすごろく、お宝さがしゲームなんかも、くり子は好きそうだ」

「うん、うん。くり子がまだ知らない遊びもきっとあるよね。時間をできるだけ作って、三人で楽しい思い出を作ろう」

「ああ。俺もいろいろ探してみるよ」

　沈んだ顔をしていたお父さんが、少しだけ明るい表情を見せた。自分が子どもの頃に好きだった遊びを思い出して、懐かしさを感じているのかもしれない。

「いろいろと提案してくれてありがとう、杏菜。おかげで少し楽しい気持ちになれたよ。いつまでもめそめそしてるわけにもいかないからな。幼児でも遊べそうなボードゲームや絵本を仕事帰りに探してくるよ」

「うん、お願いね。お父さん。三週間を楽しく過ごそうね」

「ああ、そうだな。くり子のためにもな」

涙を心の奥底にしまい込み、今は笑顔でいようと父と私で誓い合った。楽しい家族の思い出を作るために。

「かくれんぼ、おとーしゃんもするの？」

くり子は首を傾けて、少しだけ不思議そうな顔をしている。かくれんぼは、私と小夜さんとしかしたことがないから、お父さんとはしない遊びだと思っていたのかもしれない。

「実はな、おとーしゃんもかくれんぼ、大好きなんだよ。おとーしゃんとも、かくれんぼで遊んでくれるか？」

「じゃあ、おとーしゃんとおねいちゃん、くり子のさんにんで、かくれんぼ、できうの？」

「ああ、そうだ」

くり子の顔が、みるみる輝いていく。くり子の笑顔を、久しぶりに見た気がした。

「さんにんで、かくれんぼっ！　おとーしゃんが、オニね」

「ええっ、いきなり俺がオニなの？」

「うん！　しょだよ」

「お父さん、くり子のご指名なんだから、丁重に受けないと。ねー、くり子」

「ねー、おねいちゃん」

私とくり子は互いに目配せして、お父さんの顔を下から見つめ、ふたりでいたずらっぽく笑った。

「ううっ、わかったよ。俺がオニになる」

「わーい、おとーしゃんがオニっ！」

娘ふたりからおねだりされたら断れないことを、私もくり子もよくわかっているんだけどね。

「よーし、おとーしゃんがオニになったからには、すぐに杏菜とくり子を見つけてやるからな。上手に隠れるんだぞぉ？」

「あーい」

「はーい」

「こう見えて、おとーしゃんは、かくれんぼの名人なんだぞ。子どもの頃は、『かくれんぼ大王の山ちゃん』なんて呼ばれてたしな！」

「まーた、お父さんの変な自慢話が始まった。ね？　くり子」

「まーた、おとーしゃんのはなし、はじまた。ね？　おねいちゃん」

「自慢話が大好きなお父さんはおいといて、さっさと隠れよう、くり子」

「あーい！」

「こらこら、俺の話を聞けよぅ」

ぶつぶつ文句を言うお父さんを見ながら、私とくり子はくすくすと笑った。

「くり子、おねいちゃんと一緒に隠れるところを探そう」

「うん！」

くり子と手を繋《つな》ぎ、笑顔で隠れる場所を探した。

くり子のふっくらした、小さな手が愛らしい。この手の温もりを決して忘れないようにしよう。

「数をかぞえるぞー。いーち」

「わっ、お父さん。もう数え始めてる。くり子、どこに隠れる？」

「う～んと。おしいれのなかは？」

「それもいいけど、この前と同じになっちゃうから、今日は別のところにしようよ」

「ん～。あっちは、どうかな？」

「あっちって？　くり子」

「ちゅいてきて、おねいちゃん！」

くり子は私の手を引っぱり、隠れる場所へと走っていく。

いつの間に、私の手を引き、先を進めるようになったのだろう？　これまでは私がくり子の手をしっかり掴み、一歩先を歩いていたのに。

「おねいちゃん、ここはどうかなぁ？」

くり子が案内してくれたのは、お風呂場だった。浴槽はすでに水が抜いてあり、その中に隠れるという。確かにここなら、ふたりそろって隠れられる。浴槽のふたで隠しておけば、すぐにはわからないかもしれない。

「さーん、しー、ごー」

少し離れたところで、お父さんがかぞえているのが聞こえる。

「おとーしゃん、かぞえるのはやーい。おねいちゃん、はやく、かくれよっ！」

「うん、そうだね」

ふたりで浴槽の中に入ると、ふたをゆっくりかぶせていく。そうこうしてる間に、お父さんの声が聞こえてきた。

「なーな、はーち、きゅーう。じゅーう……。もう、いいかーい？」

「まーだだよ～」

「もう、いいだろぉ～？」

「まだ早いって、お父さん。まーだ、だよ！」

お父さんは早く捜したくてしかたないみたいだ。

まったく、せっかちなんだから。家族みんなのかくれんぼ、もっとゆっくり楽しまないとね。

浴槽のふたが少しだけあいた状態で、「もう、いいよ」と叫ぶと、音を立てないように注意して、しっかりとかぶせた。あとは浴槽の中で、息をひそめて隠れるだけだ。

「おとーしゃん、わかるかなぁ？」

「うーん、どうだろうねぇ」

お父さんのことだから、全力で私たちを捜すかもしれない。逆に、私たちが隠れている場所に気づいていても、あえて見て見ぬふりをするかもしれない。どちらにしても、きっと楽しい時間になるだろう。

「たのちいねぇ。わくわくするねぇ。おねいちゃん」

小声でささやいてくる、くり子の笑顔が可愛かった。

浴槽の中に隠れていると、くり子と初めてお風呂に入った日のことを思い出す。あの頃はくり子のお世話がよくわからなくて、手探りでお風呂に入れた。入浴剤を入れたお風呂に喜び、楽しそうにぱしゃぱしゃしていたくり子。かと思うと、お湯の中でうとうと眠ってしまって、すごく慌てたっけ。

「杏菜とくり子は、どーこかなぁ？」

わざと大きな声を出しながら、お父さんがゆっくり私とくり子を捜している。

「おとーしゃん、みつけられないねぇ、おねいちゃん」

我が家に来たばかりの頃は、くり子の話し方がたどたどしくて、意味を理解するのに苦労したものだ。それなのに今は、だいたいの言葉はわかるし、発音も少しずつだけど、良くなってきている。

ちょっとずつだけど、成長してるんだね、くり子。

「おねいちゃん？　泣いてうの？　どこか、いたい？」

「えっ……？」

くり子に言われて知った。自分でも気づかないうちに、涙ぐんでいたことを。

「や、やだなぁ。浴槽のふたに水滴が残ってたみたい」

涙を手で拭《ぬぐ》いとり、その場をどうにかごまかした。いつからこんなに泣き虫になってたんだろ。私はおねいちゃんなのに。情けないね。

「おねいちゃん、いたくない？　だいじょうぶ？」

「うん大丈夫だよ。ほら、静かにしてないと、お父さんに見つかっちゃう」

お風呂場にも、押し入れにも、キッチンにも、くり子との思い出がいっぱいだ。きっと忘れたくても、忘れられないだろう。思い出すだけで、涙腺が緩くなっちゃうよ。

「おやぁ～？　ここから声が聞こえるぞぉ～？」

お父さんの声が、すぐ近くで聞こえた。どうやらお風呂場に隠れていると気づいていたみたいだ。

ガラガラッと浴槽のふたを開ける音がして、光がさし込み、私とくり子を照らした。

「ほーら、見つけたぞぉぉ！」

「きゃああ、見つかったぁ！」

わざと大きめな声を出して、くり子と抱き合って笑った。

今は涙を拭いて、思いっきり笑って楽しもう。

「次は杏菜がオニだぞ」

「はーい」

情けなくて、泣き虫のおねいちゃんだけど、くり子にたくさんの思い出を作ってあげるからね。


くり子が鬼の里に行くまでの三週間、私は学校へ、お父さんは仕事へと日常の生活を送りながら、できるだけくり子と楽しく遊ぶ時間を作るようにした。

私たちがいない平日の昼間は、小夜さんに来てもらうところも普段どおりだ。

通常の生活をしながら過ごしたほうが、くり子がいなくなってからも日常に戻りやすいだろうと父が判断したからでもあった。私もお父さんと同じ意見だ。くり子が我が家からいなくなると、小夜さんも平日の昼間に来る必要はなくなるので、そこだけ違うけれど。

あたりまえの日常って、実はすごく幸せで、ありがたいものだと実感するようになった。

私は学校が終わると、書店や図書館に寄って、くり子が好きそうな絵本を持って帰ったりした。襲撃してきた青い鬼と偶然出くわしたのが書店だったので、最初は少し怖かったけれど、別の書店に行ったりして、できるだけ無理しないように絵本を探した。私が無理しすぎていたら、くり子が心配するものね。

お父さんはリバーシやすごろく、最近人気のボードゲームなど調べて買ってきてくれた。

「おとーしゃん、なぁ。最近こういったゲームをするのが楽しくて、つい買ってきてしまうんだよ。ひとりで遊ぶの変だしよ、くり子、杏菜、一緒に遊ばないか?」

できるだけ自然に、くり子を遊びの世界へと誘うお父さんは、なかなかの演技上手だった。誘われたくり子も、嬉しそうにゲームで遊んでいる。くり子にはルールが難しいものもあるけれど、お父さんや私のお手伝いという形での参加なら、十分に楽しむことができる。

学校が早く終わった日や、土曜日、日曜日はくり子と一緒にお菓子作りをして楽しんだ。くり子が私の助手という形だ。

「頼みましたよ、助手さん。責任は重大ですからね」

「あーい！」

幼いくり子にできることは、粉をふるったり、何かをまぜたり、クッキーの型抜きなどの簡単なことだけだけれど、くり子はずっと楽しそうだ。もっとも、簡単なお手伝いでさえも上手くできなくて、粉まみれになったり、まぜているものをひっくり返したり、クッキーの型抜きも最後は粘土細工みたいになったりしたけれど。まぁ、失敗も楽しい思い出のひとつだから良しということにしておこう。


くり子を鬼の里へ連れていく前に、たくさんの思い出を作ろうとお父さんと決めてから、あっという間に二週間が経った。

家の中で遊べることも、さすがに思いつかなくなってきた。

「ねぇ、くり子。何して遊びたい？」

最終的には本人に希望を聞くのが一番いいだろう、ということになり私から聞いてみた。

「あのね、くり子、公園であそびたいの。だめ？」

「公園かぁ……。わかった。ちょっと小夜さんに相談してみるね」

襲撃してきた青い鬼のことはなんとか解決したけれど、もしもまたくり子の銀の角を他のあやかしに見られたら大変だからということで、外の遊びは極力避けてきたのだ。くり子もなんとなく理解しているのか、これまで外に出たいと騒いだことはなかった。

そんなくり子が、「公園で遊びたい」と自らの希望を伝えてきたのだ。なんとしてもその願いを叶えてあげたかった。

小夜さんにスマホで連絡すると、すぐに返事があった。

『わかりました。わたくしが少し離れたところから見守っておりますので、ご家族で楽しく公園遊びをしてくださいませ。万が一の場合は、すぐに駆けつけられるようにしておきます』

小夜さんにお願いしてばかりで申し訳ないけれど、少しでも安全にくり子を遊ばせてあげるには、彼女に協力してもらうしかなかった。

近くの公園でただ遊ぶだけなのに、くり子はこれほど注意しなくてはいけないのだ。

人間の世界にいる限り、くり子は自由に過ごせない。幼い妹が、かわいそうでならなかった。

「小夜さんみたいに、くり子の角や牙が、せめて見えなくなっていたら……」

そこまで言葉にしてから、私はふぅっとため息をついた。

「そんなこと望んだら、ダメだよね……。何考えてるんだろ、私」

くり子の母親である野分さんは、自らをくり子の銀の角に封印することで、銀の鬼としての強い力を抑え込んでいるのだ。角や牙があること以外は、くり子が普通の女の子のように暮らせているのは、野分さんのおかげでもある。

「少しでも穏やかに暮らせるように、くり子を鬼の里に連れていくってお父さんと決めたんだもの」

くり子が望む公園遊びを、思いっきりさせてあげよう。今の私にできることは、それしかないのだから。

最後の日曜日となった夕暮れに、私とお父さんでくり子を公園に連れていくことになった。小夜さんは少し離れたところから見守ってくれることになっている。

「くり子、公園についたら何で遊ぶ？　すべり台？」

「んとね、今日はぶらんこ！」

「じゃあ、おとーしゃんが押してあげるな」

「今日はぁ、くり子ね、じぶんでゆらゆらしてみる！」

「自分でゆらゆら？　お父さんやおねいちゃんが押さなくていいの？」

「自分でやるもん！」

私とお父さんは顔を見合わせ、共に微笑んだ。

「じゃあ、おとーしゃんがブランコから落ちないように見守ってるからな」

「うん！」

最近のくり子は何をするにしても、「自分がやる」というようになった。

自立心が芽生えてきているのか、なんでも挑戦したがるのだ。まだひとりでは無理なこともあるけれど、できることは自分でやらせるようにしている。今後のことを思えば、ひとりでいろいろできたほうがいいもの。

「自分でやる」は成長でもあるし喜ばしいことだけれど、なぜかちょっぴり寂しくなる。私やお父さんが、徐々に必要ではなくなると感じるからだろうか。

暗くなり始めた夕方の公園は人も少なくなっている。ブランコで遊ぶ子もいないため、くり子は公園につくなりブランコに飛び乗った。ぐらぐらとぎこちない姿勢で揺らすと、ブランコはゆっくりと前後に揺れ始める。

「わぁ、ゆれた」

くり子は嬉しそうにゆらゆらしていたけれど、やがて口をとがらせていく。

あれ、どうしたんだろう？

「もっともっと、ゆらゆらしたい。お空にむかって、ぶぅんってしたい。おねいちゃんみたいに！」

くり子は、隣でブランコ遊びをしている私の真似がしたいらしい。強がって自分でやると言ったけれど、まだひとりでは難しいようだ。なんでも自分でやりたいお年頃でも、教える人は必要なのだ。

「くり子、足で地面を押すようにしてごらん。軽く蹴るみたいな感じで」

こくりと頷いたくり子は、うんしょと足を伸ばし、地面を踏みつけた。短めの足を懸命に伸ばしてブランコに勢いをつけようとするけれど、まだ慣れてないこともあってうまくいかなかった。

「くり子のあし、みじかい……。おねいちゃんや、おとーしゃんみたいに、ながいあしになりたい……」

しょんぼりとうなだれるくり子が、むぎゅっと抱きしめてあげたいぐらい、可愛かった。でも今抱きしめたら、きっとダメだ。

「くり子、おねいちゃんが後ろから少し押してあげる。ちょっとだけね。そしたらあとは自分でやってごらん」

「いいの？　おねいちゃん」

「うん。だって、おねいちゃんも小さい頃、お父さんにそうしてもらったもの」

「そうだぞ、くり子。自分でなんでもやろうとするのはすごいけど、手伝ってもらうことは悪いことじゃないからな」

嬉しそうにこくこくと頷く妹を微笑ましく見つめながら、くり子の後ろへまわる。

「いくよー。せーの！」

「しぇーの！」

かけ声を合わせて、くり子の小さな背中を押す。ブランコが大きく揺れ始め、くり子は慌てて足で地面を蹴りつける。弾むような勢いをつけたブランコは、夕暮れの空を元気よく飛び上がった。

「わぁぁ！　たか～い」

きゃっきゃと笑いながら、くり子はブランコ遊びに夢中だ。

「くり子、手を離したらダメだぞ」

「うん！」

あかね色の空に吸い込まれて消えていきそうな妹を切なく見つめながら、小さな背中を押す。夕焼けの公園に響き渡る、半妖の幼女の笑顔と笑い声。この光景を胸に刻んでおこう。絶対に忘れない。忘れるものか。

「杏菜、代わるよ。今度はおとーしゃんが押してやる」

お父さんに背中を押されたくり子のブランコは、さらに高くあがった。

「うわぁぁう！」

笑っているのか、叫んでいるのかわからない声をあげる妹は、足をばたばたと動かす。きっと空を飛んでいる気分なのだろう。

「くり子、そんなに足をばたつかせたらブランコから落ちるよ、危ないよ！」

「うひゃひゃひゃ！」

私の注意も耳に入らないのか、大声で笑うくり子は全身を揺らし始めた。

「危ないってば。……あっ！」

止めようと思った瞬間、ブランコの鎖を持っていたくり子の手が、つるりと離れてしまった。きつく握っていたから、汗ばんでしまったのかもしれない。

「くり子！」

スローモーション映像のように、ゆっくりとブランコから落ちていく妹を守ろうと、無我夢中で飛び込んだ。

「いったぁぁ……」

気づけば、私とお父さんはくり子の下敷きになるような形で、くり子を守っていた。ほぼふたり同時にすべり込み、落下寸前のくり子を救ったのだ。

「うきゃきゃきゃ、たのちぃぃ！」

ケガひとつない妹は、楽しくてたまらないといった様子で笑っている。

「笑い事じゃないよ、くり子」

「本当にこの子は危なっかしいなぁ。さすがは杏菜の妹だ」

「ちょっとお父さん。その台詞《せりふ》は聞き捨てならない。私はおしとやかな女の子だったはずよ」

「杏菜がおチビだった頃は、くり子に負けないぐらいおてんばだったぞ」

「わぁーい、おねいちゃんも、おてんば！　くり子といっしょ！」

「ちがうってば。私はもっと」

「まぁ、まぁ。似たもの姉妹ってことでいいじゃないか。どっちも俺の大事な娘だ」

そんなことを言われたら、何も言い返せなくなるじゃない。お父さん、ずるい。また目頭が熱くなってくるよ。

砂まみれになりながら立ち上がると、くり子はすべり台のほうへ走っていく。

「くり子、ちょっと待ちなさい」

「こんどは、すべりだいであそぶぅ」

「あ～もう。本当におてんば娘なんだから」

「杏菜はちょっと休んでろ。おとーしゃんがくり子と遊んでやるから」

「じゃあお願いしようかな。あのすべり台、何度もすべってると、おしりが痛くなるのよね」

「知ってるさ。杏菜がおチビだった頃からの付き合いだからな。でも今日はとことん遊んでやるさ。たとえケツから火が噴こうともな！」

ドヤ顔でかっこつけるお父さんがおかしくて、つい笑ってしまった。

「あはは。漫画みたいにおしりから火が出たら面白いね」

「こらこら、笑うな。お父さんは本気だって」

「燃えてるお父さんを、私はここから見守ってるね」

「おう。そうしてくれ。くり子、おとーしゃんが行くまで、ちょっと待ちなさい！」

すべり台で遊び続ける父と娘。なんて微笑ましくて、幸せな光景だろう。私も幼い頃はああやって遊んでもらったのだろうか。

すべて忘れずに覚えておこう。きっと今後の心の支えになるだろうから。

楽しそうに笑う妹と父を、いつまでも見守り続けた。

†

楽しくて、充実した日々は、瞬《また》く間に過ぎていく。

三週間あれば、十分な時間があると思ったのに、嘘みたいに短く思えた。

「くり子は眠ったか？」

「うん、もうぐっすりだよ」

「今日も楽しかったなぁ。くり子のために杏菜が手巻き寿司を作って」

「くり子、『自分で巻く』って言って、手をすし飯でべたべたにしながら、楽しそうに食べてたね」

「あの子は本当に食いしん坊だ。デザートのフルーツまでぺろりだもんな」

「くり子、『おいちい、おいちい』って笑顔で。私も作った甲斐があるよ」

お茶を淹《い》れ、お父さんと一緒に飲みながら、くり子との思い出を語った。

「昨日は宝さがしゲームをやったな。くり子のやつ、全然わからないんだもんな」

「一生懸命探す姿がいじらしくて、わかりやすい場所に移動させちゃった」

「くり子はなんでも一生懸命だ。ちょっと不器用なところもあるけど、それがまたいい」

「うん、本当に。くり子って可愛い」

「思い出は尽きないなぁ、杏菜」

「そうだね。もっと時間があると思ってたのに」

「明日だな、くり子を鬼の里へ連れていくのは」

「…………」

くり子といろんな思い出を作れば、お別れになっても、きっと寂しくないと思った。でもそれは違った。思い出が増えれば増えるほど、もっと一緒にいたくなる。これからもずっと楽しく時を過ごし、たくさんの思い出を作っていきたくなってしまう。

「杏菜、辛いなら明日は俺だけでくり子を連れていくよ。無理するな」

「大丈夫だよ。私もついていく」

「だっておまえ。すでに涙ぐんでるじゃないか」

言われて気づいた。声が震え、視界が涙でぼやけていることに。くり子と一緒にいる時は、あの子に悟られないように笑顔でいられるのにね。お父さんとふたりだけになると、もうダメみたい。

「杏菜、不甲斐ない父親で本当にすまない。くり子を我が家に連れてきたのは俺なのに」

「お父さんのせいじゃないよ。正直、最初はちょっぴり恨んだけどね。でも今はくり子っていう妹がいて本当に良かったって思う。お父さんとも、以前はこんなに話せなかったもの」

「俺も年頃の杏菜と、何をどう話したらいいのかわからなくて、毎日悩んでいたさ。でもくり子がいると、杏菜との間に話題が尽きないんだよな」

「そうそう。くり子を見ているだけで笑顔になる」

「くり子ともっと……。いや、やめておこう」

お父さんが何を言おうとしたのか、わかってしまった。でもあえて指摘しない。だって言葉にしたら、もっと辛くなるもの。

「ねぇ、お父さん。今晩はくり子をはさんで三人で寝ない？」

「おお、いいね。川の字ってやつだな」

手早く休む準備をすると、すやすやと眠るくり子をはさんで横になった。妹を間にはさんでいるとはいえ、お父さんと一緒に寝るのは何年ぶりだろう。

気持ち良さそうに眠る、くり子の顔をじっと見つめた。ぷにぷにのほっぺに、小さな手。髪は栗色で、頭の上には銀色の角が二本生えている。

銀色の角がなかったら……なんて、つい考えてしまう。けれど角があることも、そして鬼の子で半妖であることもすべてひっくるめて、くり子という女の子なのだ。大変なこともあったけれど、普通とはちょっと違う妹がいて楽しかった。

「ねぇ、お父さん」

眠っているくり子を起こさないように、そっと父にささやきかけた。

「なんだ、杏菜」

「明日は私も一緒に行くからね。くり子が不安になるといけないもの」

「そうか……。くり子は杏菜のことが大好きだから助かるよ。ありがとう」

「明日は鬼の里へ遊びに行くって、伝えようね。そのほうがくり子も楽しく行けるし」

「そうだな、そうしよう」

「嘘をつくことになるけど、しかたないよね」

「くり子を守るためだ。いずれはわかってくれるさ。さぁ、もう寝よう」

布団をかぶり、目をつむる。まぶたを閉じると、くり子と過ごした日々が浮かんでは消えていく。そっと目を開けると、お父さんの布団がもぞもぞと動き、かすかに震えているのがわかる。お父さんも私と同じように眠れないんだ。

眠っている妹に視線を向けると、楽しい夢でも見ているのか、にまにまと笑っている。

「ひとりだけ平和な顔で寝てるんだから……」

ふっくらした頬をつんとさわると、くり子は、「うひゅ」と小さな声をあげつつも、目を開けることなく眠り続けている。こんな愛らしい寝顔とも今日でお別れだ。次に会えるのはいつになるのかわからない。でもそれもすべて、くり子を守るためなのだ。

「寝ないとね……」

熟睡できなくとも、体だけは休めておこう。くり子の体に手を添えながら、静かにまぶたを閉じた。

あまり眠れないまま朝を迎えた。布団から体を起こし、洗面所で顔を洗うと、いつもどおりキッチンへと向かう。

「さて。朝食でも作りますか」

どんな日であっても、朝食はきちんと食べておきたい。その日一日を頑張れるように。

「今日はくり子の好きな梅干しのおにぎりにしよう」

食べやすいように梅干しの種を取り除き、身をたたいて細かくする。多めのかつおぶしと和《あ》えて、炊き立てのごはんでふっくらと握る。ぱりっとした海苔《のり》で巻いたらできあがり。

お父さん用にはツナマヨにしよう。あとは豆腐と油揚げのお味噌汁。そしてお漬物。普段どおりの家事をしていると、心も落ち着いてくるから不思議だ。

朝食の準備が終わると、くり子とお父さんが起きてきた。

「おねいちゃん、おはよーごじゃいます」

「杏菜、おはよう」

「おはよう、お父さん、くり子。今日はくり子の好きな梅干しのおにぎりにしたよ。食べたら、おでかけしようね」

くり子が両手をあげ、「うわぁい」と楽しそうな声をあげる。朝日を浴びた妹は、きらきらと輝いて見えた。

「おはようございます。山彦さん、杏菜さん、くり子。お迎えに参りました」

おだやかな微笑みを浮かべた、小夜さんがやってきた。いつもはくり子の子守りをしてくれるけれど、今日だけはちがう。

「わぁ、小夜おばしゃんだ。あれぇ？　今日っておばしゃんが来る日？」

くり子は気づいたようだ。私やお父さんが休日の時は、小夜さんは来ないからだ。

「今日はね、小夜さんが住んでる鬼の里へ遊びに行くの。だから小夜さんがお迎えに来てくれたのよ」

「そうなの？　おとーしゃん」

「そうだぞ、くり子。今日は楽しいおでかけだ！」

「わぁい、おでかけだぁ！」

無邪気に笑う、くり子をまぶしく感じながら、小さな手をそっと握った。

「おとーしゃんも、いっしょね」

くり子を中央にして、三人並んで手を繋《つな》ぎ、ゆっくりと進んだ。私とお父さんの顔を交互に見上げては、くり子は楽しそうに笑う。こうして歩くのも、きっと今日で最後だ。

「うふふ。おでかけ、たのちいね」

小夜さんは少し前を歩き、私たち家族を導いてくれる。

「白い霧で足元が見えなくなりますが、しばらく辛抱してくださいね」

小夜さんの言葉どおり、あたりが白い霧につつまれていく。周囲がおぼろげにしか見えない濃い霧の中を、小夜さんを頼りに進んでいく。

「きり、しゅごいね」

「本当だね。でも不思議と怖くない」

「しっかり手を繋《つな》いでるんだぞ、くり子」

「うん!」

白い霧は人間の世界から、間《あわい》の地へ導くもの。だから怖がる必要はない。

白い霧が少しずつ消えていくと、少し古い時代の山村のような、古民家が見えてきた。

「さぁ、到着しましたよ。ここが我ら、『銀の鬼の里』です」

霧が消え去ると、古民家がいくつも立っていた。ここに小夜さんの仲間の鬼たちが暮らしているんだ。

「銀の鬼の一族は、穏やかな気性の者がほとんどですから、心配はいりません。さぁ、こちらへおいでください。長老が挨拶したいと申しております」

小夜さんが手で指し示す方向へ進むと、古民家が建ち並ぶ中央に、白くて立派な髭《ひげ》を生やした高齢の男性が立っていた。柔和な微笑みを浮かべる白髪のおじいさんの頭には、白い角が二本、しっかりと生えている。

「はじめまして、でございますな。ご挨拶が遅れて申し訳ない。わしは銀の鬼の里で長老と呼ばれておりますが、ただのジジィですので、どうかお気になさらず」

「俺は、いえ、わたしは野々宮山彦と申します。こちらが長女の杏菜、そしてこの子が次女のくり子です。こちらこそご挨拶が遅れて申し訳ございません」

お父さんが頭を下げたので、私も父に合わせた。

「堅苦しい挨拶は無用です。くり子の母である野分は、我らの仲間。となれば、あなた方ご家族は我らにとって親戚のようなものですからな」

にこにこと朗らかに笑う長老様は、優しい雰囲気の方だった。姿や性別は違うけれど、小夜さんに雰囲気が似ている気がした。この長老様がいる鬼の里なら、何より小夜さんがいてくれれば、安心してくり子を預けられる。

「まずはご休憩ください。あちらにお茶を用意しますので」

長老様の案内で、古民家のひとつにお邪魔させていただいた。昔話のアニメに出てくるような古民家は、私が住んでいる家とは違うのに、どこか懐かしい気がした。

不思議そうな顔をしつつも、くり子はおとなしく私の横で座っている。くり子も気持ちが落ち着くのかもしれない。

くり子は今日からここで暮らす。

いつでも会いに来られるようにしますから、と小夜さんは言ってくれたけれど、くり子の気持ちが安定するまでは来ないほうがいいだろう。

共に暮らすことはできなくても、離れていても、私とくり子は姉と妹、そして家族だ。

自分自身に言い聞かせるように、妹を手放す決意を心の中で固めると、くり子とお父さんにある提案をした。

「ねぇ、くり子、お父さん。お茶をいただいて落ち着いたことだし、かくれんぼしない？　ここなら安全だもの。かくれんぼしながら、里の中を楽しく冒険させてもらおうよ。どう？　くり子」

「うん、やる！」

かくれんぼが大好きなくり子は、すぐに受け入れた。

はじけるような笑顔を見せたくり子と手を繋《つな》ぎ、外へと駆け出した。

きっとこれが、最後のかくれんぼになる――

くり子と共に外に出ると、お父さんもついてきた。私の顔を見つめ、無言で頷いた。

「杏菜、お父さんも一緒にやるぞ」――父は私にそう伝えてくれている気がした。お父さんの思いは、きっと私と同じだ。

「くり子、杏菜。おとーしゃんも、かくれんぼに加わるぞー！」

「おとーしゃんも？　わーい。うふふふ」

くり子が嬉しそうに笑うのを見つめながら、小夜さんにも声をかける。

「小夜さんも、一緒にかくれんぼしませんか？」

一瞬驚いた顔をしたけれど、小夜さんは優しく微笑み、静かに頷いて仲間に加わってくれた。

「わぁ、今日は小夜おばしゃんも、かくれんぼしゅるの？　すごーい、今日すごーい！」

「ふふ、そうだね、くり子。じゃあ誰がオニになる？　くり子が決めていいよ」

「うんとね～。まずは、おねいちゃん」

「わかった。じゃあ、おねいちゃんが目をつむって、数をかぞえるからね」

「うん！　えっとぉ。どこにかくれようかなぁ。うふふふ」

お父さんも小夜さんも、かくれんぼに加わったことが嬉しいようで、くり子は大はしゃぎだ。

「じゃあ、数をかぞえるよ。いーち、にー、さーん……」

お父さんも小夜さんも、黙って離れていくのを感じたけれど、くり子だけは声が聞こえてくる。

「うーんと、ここの小屋はどうかなぁ？」

心の声がもれていることに、くり子はあいかわらず気づいてない。嬉しくてたまらないと、つい口にしてしまうようだ。

ああ、くり子は無邪気で、本当に可愛いなぁ。

「きゅーう、じゅーう。もう、いいかーい」

少し大きい声を出すと、くり子、お父さん、小夜さんの声が聞こえてくる。

「もう、いいよぅ～」

「もう、いいぞー」

「もう、いいですよー」

わざと大回りして小屋にゆっくり近づいていきながら、周辺にこっそり隠れていたお父さんと小夜さんに声をかける。

「次はくり子をオニに指名しますから、その時、私とお父さんを人間の世界に戻してください」

小夜さんは少し目を伏せ、「わかりました」とだけ伝えてくれた。

お父さんはとても悲しい顔をしていたけれど、「わかった」と小声で応えた。

「あれぇ、くり子がいないなぁ。どこかなぁ？」

大きな声を出しながら、くり子が隠れている小屋をのぞき込む。くり子は背中が丸見えの状態で、柱の根元あたりに屈《かが》んでいる。あれで隠れているつもりらしい。まさに、「頭隠して尻隠さず」だ。バレバレの状態であることを知りながら、とぼけた様子で小屋の中へ入っていく。

「あれぇ？　ここにいると思ったのに、いないなぁ」

片手を額にあて、遠くを捜す仕草をしながら、くり子の周りをぐるりと回る。

「くふっ、くふふふ……」

上手に隠れていると思ってる妹は、もう我慢できないのか、くすくすと笑ってしまっている。その声を聞いていると、私まで笑い転げてしまいそうだ。とうとう我慢できなくなり、今まさにくり子を発見したかのような声をあげる。

「あぁ～？　こんなところに、くり子がっ！」

「うひゃあ！　見つかっちゃったぁ、うふふふ」

「今度は、くり子がオニだよっ！」

「あーい！」

くり子は小屋を飛び出し、手ごろな木を見つけると、顔を押しあてるようにして目を閉じた。

「じゃあ、かぞえうよ～。いーち」

元気よく、覚えたての数字をかぞえ始める。可愛らしい仕草のくり子を見つめながら、ゆっくり、ゆっくり離れていく。

ごめんね、くり子。こんな別れ方を選んで。

おねいちゃんのこと、ひどいって恨んでいいよ。憎んでいいからね。

「にーい、さぁーん」

お父さんと合流すると、小夜さんに軽く頭を下げて合図をおくる。小夜さんが手招きするほうへ進みながら、くり子の小さな背中を遠くから見守った。

おねいちゃんなんか、だいきらい！　って思っていいからね。そうしたら、人間の世界に戻ってきたいとは思わないでしょ？

「しー、ごー、ろぉーく」

上手に数をかぞえられるようになったね。くり子はもう、おねいちゃんなんて、いらないんだよ。鬼の里で、のんびりゆったり暮らしてね。

「なーな、はーち、きゅーう」

小夜さんに案内されて進んだ先は、白い霧が充満していて、足元さえ見えなくなっていた。

「ご自分の家を、心の中に思い描いてください。そうすれば、人間の世界に戻れますからね」

小夜さんのささやきに頭を下げて、感謝の気持ちを伝える。小夜さんの目は、うっすら赤くなっている。

「じゅーう。もう、いいかぁーい」

声をはり上げて叫ぶ妹に、最後の別れを告げる。

さよなら、くり子。

次はいつ会えるかわからないけど、元気でいてね。

「もう、いいかーい。もう、いーいぃ？」

しびれを切らしたくり子の声が、少しだけ苛立ち始める。

「くり子のことはお任せください。さ、お早く。お帰りになる家を思い浮かべて」

小夜さんの言うとおり、早く行かなくては。もたもたしていたら、くり子に気づかれてしまう。

決意をこめて父と共に目をつむると、生まれ育った我が家が心の中に浮かんでくる。

あの家に帰るんだ。慣れ親しんだ家に。ずっと暮らしてきた家は、今日もひっそりと、住人である私たちの帰りを待っている。

「ただいま……」

頭の中に浮かんだ光景は、誰もいない家に、ひとりで帰る自分の姿だった。

あれはお母さんが亡くなってしばらく経った頃だ。母の葬儀や法事などが滞《とどこお》りなく済み、母がいない家にも少しずつ慣れてきた頃。

鍵を開けて家の中に入ると、誰もいない。お父さんは仕事だし、他に兄弟はいないから、誰もいないのは当然のことだった。

「ただいま」

もう一度言ってみた。返事はない。

お母さんが元気だった頃は、「おかえりなさい」って迎えてくれたのに。

がらんとした我が家。生まれ育った家で、私を出迎えてくれるものはいない。

わたしはひとり。この広い世界に、わたしを必要としてくれるものはいない。

ひとりぼっち……

言葉にしたくないのに、かき消しても、かき消しても、私の心を締めつける。

「やだ、やだよ……。ひとりは、いやだ……」

お父さんは仕事があっても、必ず家に帰ってきた。だから本当の意味でのひとりぼっちではなかったのに、私の心には、ぽっかりと大きな穴が空いていた。母がいない家。父とかわす言葉は必要事項のみ。必死で家事をしていなければ、足元から崩れていきそうな気がした。

「杏菜さん、早くお行きになって。くり子が気づき始めていますよ！」

小夜さんの言葉に、意識が現実へと戻された。

くり子が木の下で、騒ぎ始めているのが聞こえる。

「おねいちゃん、おとーしゃん、まだぁ？　どこぉ～？」

ついに我慢できなくなったのか、くり子が夢中で駆け出す姿が、白い霧の中から見えた。

「おねいちゃん、おとーしゃん、どこ行ったのぉ？　かくれんぼ、もうやめよ。出てきてよぅ！」

白い霧の中にいる私とお父さんの姿は、くり子からは見えないようになっているようだ。

くり子は私とお父さんの姿を求めて、里の中を走り回る。里には他の鬼たちもいたが、小夜さんから事情を聞いているので、誰も声をかけることはなく、静かに見守っている。

「おねいちゃーん、おとーしゃん。どこぉ？　やだよぅ、くり子もいくよー」

何かを察し始めているようで、必死に私たちを捜している。

「くり子は角があるけど、おねいちゃんのいもうとだもん。おとーしゃんのむすめだもん。おいてったら、やだぁ！」

　くり子の声が震えているのがわかる。泣いてるんだ、あの子。

「おねいちゃん、くり子、いい子になるよぅ。ぴーまんも食べぅ。おてつだいもいっぱいする。こわい鬼にならないよっ！　おとーしゃん、くり子、だっこして、っていわないよぉ……だからぁ」

　走り回っている間に、くり子はつまずき、その場でこてんと転んでしまった。顔をあげたくり子の顔は、涙と砂でぐしゃぐしゃになっているのが見えた。

「くり子を、ひとりにしないでぇぇぇ！」

　それはくり子の、妹の心からの叫びだった。

「くり子、またひとりだよぅ……。おかーしゃんが消えて、ひとり。おとーしゃんが来てくれて、おねいちゃんがいて、うれちかったのに、またひとり……。やだよぅ、ひとりはやだぁ」

　ひとりは嫌だと泣く姿は、かつての私だった。

　くり子は汚れた顔にかまうことなく立ち上がると、再び走り出し、またつまずいて転んだ。

「ひぃ、うう。やだ、やだよぅ。おねいちゃん、おとーしゃん……」

嘆き悲しむ幼い妹の声。

覚悟していたはずなのに、先にこらえきれなくなったのは、私のほうだった。

「くり子っ！」

白い霧の中から飛び出すと、転んだままの妹に向かって、一直線に走った。

「お、おねいちゃ……」

くり子が私の姿に気づき、よろめきながら立ち上がった。転んで足を擦《す》りむいたのか、ふらつきながらも私に向かって、よたよたと歩いてくる。

「くり子！」

「おねいちゃん！」

砂まみれになった妹の両手を掴むと、迷うことなく胸の中に抱きしめた。

「おねいちゃ、ごめ、なさい。くり子がわるい子だから、鬼の子だから……ごめなしゃい、ごめなしゃい……」

くり子は涙を流しながら、何度も何度も謝り続ける。

「ちがう、ちがうよ。くり子。悪いのは、おねいちゃんだよ。私とお父さんでは、くり子を守れないの。だから……」

「くり子、平気らもん。だいじょうぶらもん。おねいちゃんと、おとーしゃんがいるところがいい。おでかけできなくても、いいよぅ」

くり子は私の胸元に顔をうずめ、安心したように目を閉じる。

ああ、ダメだ。あれほど決意したのに、私は……

「杏菜、おまえ……」

少し遅れて、お父さんと小夜さんが、私たちのところへ走ってきた。くり子を抱いたまま、父と小夜さんに訴える。

「ごめんなさい、お父さん、小夜さん。私、無理。くり子を手放したくない……」

「杏菜、おまえが辛いのは、お父さんは誰よりよくわかってる。でもふたりで決めたじゃないか。くり子が安全に成長できるように、鬼の里に連れていこうって。悔しいが、俺と杏菜では、くり子を危険から守ってやれない。だから……」

「わかってる。よくわかってる。私、めちゃくちゃなこと言ってるのも、よくわかってる。でも、でもね……」

腕の中にいる幼い妹を、ぎゅっと抱きしめた。くり子は応えるように微笑んだ。

「くり子ね、私が学校から帰ってくると、『おかえりなさい』って言ってくれるの。それがすごくすごく嬉しくて。だって、ひとりぼっちじゃないって思えるから。くり子がいないと私、またひとりになる……」

私がくり子と離れたくない。ただそれだけだった。

「私のわがままだって、よくわかってる！　だけど、お父さん。私たちは家族だよ？　家族は一緒に暮らしたいよ。くり子を守るために、『これはしかたのないこと』って思おうとしたけど、無理だった……。ごめんね、お父さん。わがままな娘で。ごめんなさい、小夜さん。勝手なことばかり言って……」

もはや自分でも、何を言っているのかわからない。めちゃくちゃだし、支離滅裂《しりめつれつ》もいいところだ。それでも私は、妹の手を離したくなかった。

「ごめんなさい、バカなこと言ってるよね。わかってるの……」

ぽたぽたと涙があふれ、妹の頬にこぼれ落ちていく。

「おねいちゃん、いたいの？　どこか、いたいの？　いたいの、いたいの、とんでけー」

くり子の小さな手が、私の頬にふれた。温かくて、やわらかな手だった。

くり子の優しい気持ちが嬉しくて、切なくて、ただ抱きしめることしかできなかった。

「くり子……」

「あのっ、小夜さん！」

突然、大きな声を出したのは、お父さんだった。

「勝手なことばかり言って、申し訳ありません！　でも、どうにかならないでしょうか？　杏菜がわがままを言ったのは、これが初めてなんですよ。さくらが、杏菜の母親が病気で他界した時も、その後も、杏菜はわがままひとつ言わず、家のことをやってくれたんです。ひとりで留守番させてごめんな、って言っても、杏菜は大丈夫だよって、無理して笑って……。杏菜はね、いい子なんですよ。真面目な娘です。そんな子が、わがままを言うのは、これが最初で最後だと思うんです。だからどうか、娘の希望を叶えるため、お力をお借りできないでしょうか？　お願いします、お願いしますっ！」

体を半分に折るようにして、お父さんは小夜さんに深々と頭を下げた。

「悪いのは、責任をとるべきなのは、すべて俺、いえ、わたしなんです。杏菜は何も悪くない。だからどうか……」

何度も、何度も、お父さんは頭を下げ続ける。いつしか小夜さんの後ろには、長老様や他の鬼たちが集まっていた。

「わたしたちは家族です。家族なんですっ！」

ひと際大きな声で、お父さんが叫んだ瞬間だった。

くり子の頭にある銀色の角が、温かな光を発し始めたのだ。銀色の光の中に、ゆっくりと女性の姿が現れ始める。

「あ、おかーしゃん」

小夜さんによく似た女性が誰なのか、私はもう知っている。くり子の母親である野分さんだ。野分さんは銀の光の中で優しく微笑み、娘の頭を撫でた。

「おかーしゃん……」

お母さんのまぼろしに頭を撫でられたことで安心したのだろうか。くり子はかくりと頭を傾け、眠ってしまった。

私にもたれかかった、くり子の頭から、あるはずの銀色の角が消えていた。口の中にある牙も、見えなくなっている。

驚いて顔をあげると、野分さんは優しく微笑み、私の頭もそっと撫でてくれた。小さい頃、泣きじゃくる私を、お母さんがそうしてくれたように。言葉はないけれど、「もう大丈夫ですよ」と野分さんが伝えてくれている気がした。

「野分さん、お母さん……」

呼びかけると、野分さんは嬉しそうに微笑み、銀色の光の中へ吸い込まれるように消えていった。

†

うららかな陽ざしが、我が家を暖かく満たしていく。

新しい門出にふさわしい、気持ちのいい朝だった。

「くり子～、保育園、遅れるよ」

「はぁい。おねいちゃん、まってぇ」

「おとーしゃんも、行くぞ。待ってくれ～」

妹のくり子は新しい服を着て通園バッグを持ち、嬉しそうに靴を履く。今日からくり子は、保育園に通うことになったのだ。

「戸締りよし、と。さぁ、行こう。お父さん、くり子」

「その前に、杏菜。写真を一枚だけいいか？　スマホでちょっとだけだからさ」

「写真？　時間あんまりないよ、お父さん」

「お写真、くり子もとりたい！」

「くり子も写真撮りたいってさ。ささっと撮るからさ。小夜さんや長老様に送りたいしな」

「わかった。じゃあ、手早くね」

「じゃあ、お父さんが写真を撮るから、杏菜とくり子、家の前に並んでくれ」

「私はいいよ。くり子だけ撮ってあげて」

「何言ってるんだ。杏菜もくり子も、俺の大事な娘だ。ぐずぐず言ってないで、並んでくれよ」

「おねいちゃん、はやくぅ」

「もうっ。私、写真って苦手なのに」

くり子と手を繋《つな》ぎ、家の前に並んだ。

お父さんがスマホを引いたり近づけたりしながら、ベストポジションを探している。

くり子ははにかむような顔で笑っている。

なんて平和で、幸福な朝だろう。くり子を鬼の里に帰そうと思っていたのが嘘みたいだ。


くり子を間《あわい》にある、銀の鬼の里へ返す。それは伝説の銀の鬼であるくり子を守るために、しかたのないことだった。家族がばらばらになっても暮らしていけるように、たくさんの思い出を作り、お別れに備えた。

けれど私は、くり子をどうしても手放すことができなかった。

半妖の妹である、くり子の存在が、私の中でとても大きなものになっていたことに、その時まで気づいていなかったのだ。

妹を抱きしめ、くり子と別れたくないと泣いたあの日。みっともなく泣きわめき、涙をこぼすことしかできなかった私とくり子を救ってくれたのは、くり子の母親である野分さんと、お父さんだった。

お父さんは小夜さんと長老様に頭を下げ続け、くり子が人間の世界で暮らしていけるように協力してほしいと懇願した。

野分さんはくり子の角に封印されている状態から再び姿を見せ、今度こそ本当にこの世から姿を消してしまった。くり子の銀の角と牙と共に――

「姉の野分は、杏菜さんがくり子を思う気持ちに胸を打たれたのではないでしょうか。杏菜さんとくり子、そして山彦さんが家族として平和に暮らしていけるように、くり子の銀の角と牙を、あの世に持ち去ってしまったのかもしれません。くり子が人間の世界で生きていけるように」

「じゃあ野分さんはもう……」

お父さんがおそるおそる聞くと、小夜さんはうつむき、それ以上話せなくなってしまった。代わりに答えてくれたのは、銀の鬼の里の長老様だった。

「野分とは、今度こそ永遠の別れとなるでしょうな。自らを犠牲にしても、くり子やあなた方家族を守りたかったのでしょう」

長老様の話を聞いたお父さんも、小夜さんと同じように顔を伏せ、体を震わせている。

「くり子の銀の角と牙は消えてしまいましたので、くり子が人間の世界で暮らすことは可能でしょうな。しかしくり子が鬼の子で、半妖であるという事実までなくなったわけではありません。成長していく中で、銀の鬼としての力が再び芽生える可能性もゼロではないのですよ。ゆえに我ら銀の鬼の一族は、今後も継続して、あなた方ご家族を支えていきましょう。それが我らの仲間であった、野分の願いですからな」

長老様の説明で、くり子の銀の角と牙が消えてしまっても、完全な人間になれたわけではないということはわかった。半妖の妹は、半妖のままなのだ。

でも今は、それで十分だ。野分さんのおかげで、くり子と再び暮らすことができるのだから。

小夜さんの力で戸籍を少しだけ操作してもらい、くり子は本当の意味で我が家の娘となった。

母である野分さんは海外の人で、父とは再婚後に他界した、という設定になっている。母親が外国人という設定ならば、くり子の栗色の髪と灰色の瞳も、どうにかごまかせると思ったのだ。

多くの存在に守られ、そして支えられ、私たち家族は今日という日を迎えることができた。

「じゃあ、写真撮るぞ〜。杏菜、照れてないで早くポーズを決めろよ」

「ええっ、やだ。そんなの恥ずかしいよ」

「何を恥ずかしがることがある。俺たちはこの世界でたったひとつの家族だぞ」

「おねいちゃん、一緒に手を振ろうよ」

「くり子がそう言うなら……」

くり子に合わせ、お父さんに向かって手を振ったところを、ぱしゃりと撮られてしまった。

「写真も撮れたし、今度こそ行こう。早くしないと遅刻しちゃうよ」

「そうだな、今日はお父さんがくり子を保育園に連れていくから、お迎えは頼むな」

「うん。学校が終わったら、くり子を迎えに行くね」

「おねいちゃん、くり子、ドキドキする。お友だちできるかなぁ？」

「くり子なら大丈夫だよ。ね？　お父さん」

「そうとも。くり子なら友だち百人できるさ」

「さすがにそれは多いよ、きっと」

「そうかぁ、俺はそうは思わないんだけどな」

くり子を真ん中にして、お父さんが右側、私が左側につき、くり子と手を繋《つな》ぐ。家族三人並んで、歩んでいく。

私たち家族は助け合い、共に生きていく。これからもきっと、いろんなことがあるだろう。小さくて可愛い妹も、いずれ成長していく。半妖であることによって、何か起こってしまうかもしれない。

それでも家族の絆《きずな》があれば、きっと乗り越えていけるはずだ。

「くり子、今日の晩ごはんは何がいい？」

「うんとね、ハンバーグ！」

「くり子はハンバーグが好きだねぇ」

「はーい、おとーしゃんもハンバーグがいいでーす」

「はい、はい。わかりました。今晩はハンバーグに決定です」

「わーい！」

ちょっと複雑な事情を抱えた私たちは、家族としてこれからも共に生きていく――

もののけ達の居るところ
ひねくれ絵師の居候はじめました
1〜2
神原オホカミ
Ohkami Kanbara
ふたりきり、だけどにぎやかで温かい同居生活。
仕事がうまく行かず、
幻聴に悩まされていた瑠璃は
ひょんなことから、人嫌いの「もののけ絵師」
龍玄の家で暮らすことになった。
しかし龍玄の家からは不思議な『声』がいつも聞こえる。
実はその『声』がもののけ達によるもので——？
楽しく日々を過ごしているもののけ達と、
ぶっきらぼうに見えるが
優しい龍玄にだんだん瑠璃の心は癒されていく。
そんなある日、もののけ達の
「引っ越し」を瑠璃は頼まれて……
もののけ達の居るところ 2
神原オホカミ

◉各定価：726円（10％税込）　◉イラスト:夢子

煌びやかな女の園『月華後宮』。国のはずれにある雲蛍州で薬草姫として人々に慕われている少女・虞凛花は、神託により、妃の一人として月華後宮に入ることに。父帝を廃した冷徹な皇帝・紫曄に嫁ぐ凛花を憐れむ声が聞こえる中、彼女は己の後宮入りの目的を思い胸を弾ませていた。凛花の目的は、皇帝の寵愛を得ることではなく、自らの最大の秘密である虎化の謎を解き明かすこと。
後宮入り早々、その秘密を紫曄に知られてしまい焦る凛花だったが、紫曄は意外なことを言いだして……？
あらゆる秘密が交錯する中華後宮物語、ここに開幕！

◎定価：726円（10%税込み）

●illustration:カズアキ

この作品に対する皆様のご意見・ご感想をお待ちしております。

おハガキ・お手紙は以下の宛先にお送りください。

【宛先】

〒150-6008 東京都渋谷区恵比寿 4-20-3 恵比寿ｶﾞｰﾃﾞﾝﾌﾟﾚｲｽﾀﾜｰ 8F
（株）アルファポリス　書籍感想係

メールフォームでのご意見・ご感想は右のＱＲコードから、
あるいは以下のワードで検索をかけてください。

アルファポリス　書籍の感想　検索

ご感想はこちらから

アルファポリス文庫

半妖《はんよう》のいもうと　～あやかしの妹《いもうと》が家族《かぞく》になります～

蒼真《そうま》まこ

2023年　7月 25日初版発行

編集－塙綾子
編集長－倉持真理
発行者－梶本雄介
発行所－株式会社アルファポリス
〒150-6008 東京都渋谷区恵比寿4-20-3恵比寿ｶﾞｰﾃﾞﾝﾌﾟﾚｲｽﾀﾜｰ8F
TEL 03-6277-1601（営業） 03-6277-1602（編集）
URL https://www.alphapolis.co.jp/
発売元－株式会社星雲社（共同出版社・流通責任出版社）
〒112-0005 東京都文京区水道1-3-30
TEL 03-3868-3275
装丁イラスト－鈴木次郎
装丁デザイン－AFTERGLOW
印刷－中央精版印刷株式会社

価格はカバーに表示されてあります。

落丁乱丁の場合はアルファポリスまでご連絡ください。

送料は小社負担でお取り替えします。


ISBN978-4-434-32303-4 C0193